JOHN GRISHAM

Né en 1955, John Grisham a commencé sa carrière comme avocat dans une petite ville du Mississippi. Avec *La Firme*, parue en 1991, il a rencontré son premier grand succès de romancier. Depuis, il a vendu plus de soixante millions d'exemplaires dans le monde et a écrit vingt romans dont *L'Affaire Pélican*, *L'Associé*, *La Loi du plus faible*, *L'Accusé*, *Le Contrat*, *L'Infiltré* et *Chroniques de Ford County*, tous publiés chez Robert Laffont. Il a récemment entamé une série de romans qui racontent les aventures de Theodore Boone, un personnage passionné par le droit et la justice, avec *Theodore Boone : enfant et justicier* (Oh ! Éditions, 2010), suivi de *Theodore Boone : l'enlèvement* (Oh ! Éditions, 2011). Marié, père de deux enfants, John Grisham est l'un des auteurs les plus lus dans le monde.

Retrouvez l'actualité de John Grisham sur www.jgrisham.com

THEODORE BOONE

DU MÊME AUTEUR
CHEZ POCKET

JOHN GRISHAM

THEODORE BOONE

Enfant et justicier

Traduit de l'anglais (États-Unis)
par Emmanuel Pailler

OH ! ÉDITIONS

Titre original :
THEODORE BOONE : KID LAWYER
BOOK ONE

© 2010, Belfry Holdings, Inc.
© Oh ! Éditions, 2010, pour la traduction française
ISBN : 978-2-266-21145-1

1.

Theodore Boone, qui était fils unique, prenait son petit déjeuner tout seul. Son père, un avocat très occupé, avait l'habitude de partir chaque jour dès 7 heures et de retrouver des amis, toujours au même snack du centre-ville, pour échanger des nouvelles. La mère de Theo, elle aussi avocate et elle aussi très occupée, essayait de perdre cinq kilos depuis dix ans et s'était persuadée que son petit déjeuner devait se limiter à prendre un café en lisant le journal. Theodore mangeait donc seul dans la cuisine, céréales au lait froid et jus d'orange, un œil sur la pendule. Chez les Boone, il y avait des pendules partout, preuve manifeste qu'ils étaient des gens organisés.

Theodore n'était pas entièrement seul. À côté de lui, son chien mangeait lui aussi. Juge était un bâtard parfait, dont l'âge et le pedigree resteraient à jamais un mystère. Theo l'avait sauvé de la mort *in extremis*, deux ans plus tôt, quand il était passé devant le tribunal des animaux pour la seconde fois – et Juge lui en était toujours reconnaissant. Il aimait les céréales, les mêmes que Theo, avec du lait entier, jamais de lait écrémé, qu'ils mangeaient ensemble en silence, tous les matins.

À 8 heures, Theo rinça les bols dans l'évier, remit le lait et le jus de fruits dans le frigo, alla jusqu'au bureau et embrassa la joue de sa mère.

— Je pars au collège.

— Tu as l'argent pour le déjeuner ?

Elle lui posait cette même question cinq matins par semaine.

— Comme toujours.

— Et tu as fini tes devoirs ?

— Tout est parfait, maman.

— Et je te vois quand ?

— Je passerai après les cours.

À la sortie du collège, Theo s'arrêtait toujours au bureau de sa mère, ce qui n'empêchait pas Mrs Boone de le lui demander tous les jours.

— Fais attention à toi, lui dit-elle, et rappelle-toi de sourire.

Cela faisait plus de deux ans que Theo portait un appareil dentaire dont il voulait désespérément se débarrasser. Et pendant ce temps, sa mère lui rappelait en permanence de sourire pour que le monde soit plus heureux.

— Mais je souris, m'man.

— Je t'aime, Teddy.

— Moi aussi, maman.

Theo garda le sourire bien que sa mère l'ait appelé « Teddy », jeta son sac à dos sur son épaule, gratta la tête de Juge et sortit par la cuisine. Il sauta sur son vélo et fila dans Mallard Lane, une petite rue arborée du plus vieux quartier de la ville. Il salua Mr Nunnery, qui s'installait déjà sur sa terrasse en vue d'une nouvelle et longue journée à regarder passer le peu de circulation du quartier, il frôla Mrs Goodloe sur le trottoir, sans rien lui dire parce qu'elle avait perdu l'ouïe et une bonne partie de sa tête aussi. Il lui sourit, tout de même, mais elle ne lui rendit pas son sourire. Ses dents étaient quelque part chez elle.

En ce début de printemps, l'air était frais et vivifiant. Theo pédalait avec énergie, le vent lui fouettait le visage. L'appel était à 8 h 40 et il avait des questions importantes à régler avant. Il coupa par une rue adjacente, enfila une ruelle, évita quelques voitures et grilla un stop. C'était son territoire, son trajet quotidien. Quatre rues plus loin, les maisons cédaient la place à des boutiques et à des bureaux.

Le tribunal du comté était le plus grand bâtiment du centre-ville de Strattenburg (la poste arrivait en deuxième, suivie de la bibliothèque). Il se dressait majestueusement du côté nord de la grand-rue, à mi-chemin entre un pont sur la rivière et un parc rempli de kiosques, de bassins et de monuments aux morts. Theo adorait ce tribunal, avec son allure imposante, les gens qui allaient et venaient d'un air important, les annonces solennelles et les horaires d'audience épinglés sur les panneaux. Mais surtout, Theo adorait les salles du tribunal. Il y en avait de petites où les affaires plus personnelles étaient traitées sans jurés, et puis il y avait la salle principale au premier étage, où les avocats s'affrontaient tels des gladiateurs, où les juges régnaient en maîtres.

À l'âge de treize ans, Theo n'avait pas encore pris de décision pour son avenir. Un jour, il rêvait d'être un célèbre avocat pénaliste, qui s'occuperait des plus grandes affaires et ne perdrait jamais devant les jurés. Le lendemain, il rêvait d'être un grand juge, célèbre pour sa sagesse et son équité. Son cœur balançait et il changeait d'avis quotidiennement.

La salle des pas perdus était déjà pleine ce lundi matin, comme si les avocats et leurs clients voulaient prendre de l'avance pour la semaine. Une foule attendait devant l'ascenseur : Theo grimpa les deux étages quatre à quatre, jusqu'à l'aile est où se trouvait le tribunal des affaires familiales. Sa mère, une avocate renommée spécialisée dans les divorces, représentait toujours l'épouse, aussi Theo connaissait-il bien cette partie du bâtiment. Comme les règlements des divorces étaient décidés par les juges, sans jurés, et que la plupart des magistrats préféraient ne pas traiter ces questions délicates en public, les salles d'audience étaient petites. Plusieurs avocats à l'air important s'agglutinaient devant l'entrée ; manifestement, ils n'étaient pas d'accord entre eux. Theo regarda autour de lui, tourna le coin et vit son amie.

Elle était assise sur l'un des vieux bancs de bois, seule, petite, fragile et nerveuse. En le voyant, elle sourit – et se cacha la bouche d'une main. Theo se hâta de la rejoindre, tout près, leurs genoux se touchant. Avec n'importe quelle autre fille, il se serait assis à un mètre de distance, pour éviter tout risque de contact.

Mais April Finnemore n'était pas n'importe quelle fille. Ils avaient été à la maternelle ensemble, à l'école du quartier, et étaient amis d'aussi loin qu'ils s'en souvenaient. Ce n'était pas une petite amie, ils étaient trop jeunes pour cela. Theo ne connaissait pas un seul garçon de sa classe qui ait avoué avoir une copine. Tout au contraire. Ils ne voulaient rien avoir à faire avec les filles. Et réciproquement. On avait prévenu Theo qu'il changerait, et vite, mais cela lui paraissait improbable.

April n'était qu'une amie, et une amie dans le besoin, à ce moment-là. Ses parents étaient en train de divorcer, et Theo était extrêmement content que sa mère ne soit pas impliquée dans cette affaire.

Chez les gens qui connaissaient les Finnemore, personne n'était surpris par ce divorce. Le père d'April était un antiquaire excentrique, et batteur dans un vieux groupe de rock qui jouait encore dans les boîtes et partait en tournée pendant des semaines. Sa mère élevait des chèvres et fabriquait du fromage qu'elle vendait en ville dans un ancien corbillard peint en jaune vif. Un vieux singe-araignée aux favoris gris était assis à la place du mort et mâchouillait les fromages, qui ne s'étaient jamais très bien vendus. Mr Boone avait décrit cette famille comme « non traditionnelle », ce que Theo avait interprété comme « franchement bizarre ». Le père comme la mère avaient été arrêtés pour des histoires de drogue, mais ils n'avaient jamais fait de prison.

— Ça va ? lui demanda Theo.

— Non, répondit-elle. Je déteste être ici.

Elle avait un frère aîné nommé August et une sœur aînée nommée March, qui avaient tous deux fui leur famille. August était parti le jour où il avait décroché son diplôme d'études secondaires. March avait quitté la ville et le lycée à seize ans, laissant April seule victime disponible pour ses parents. Theo connaissait cette histoire parce qu'April lui avait tout raconté. Elle avait besoin d'une personne extérieure à qui se confier, et Theo l'écoutait.

— Je ne veux vivre ni avec l'un ni avec l'autre, dit-elle.

C'était une chose horrible à dire de ses parents, mais Theo comprenait parfaitement. Il méprisait les parents d'April pour la manière dont ils la traitaient. Il les méprisait pour le chaos qu'était leur vie, pour leur négligence envers April, pour leur cruauté. Theo en voulait beaucoup à Mr et Mrs Finnemore. Il s'enfuirait plutôt que de devoir vivre avec eux. Il ne connaissait pas un seul jeune en ville qui ait jamais mis les pieds chez eux, d'ailleurs.

Le divorce en était à son troisième jour, et April allait bientôt être appelée à la barre pour témoigner. Le juge lui poserait la question fatidique :

— April, avec lequel de tes parents est-ce que tu veux vivre ?

April ne connaissait pas la réponse. Elle en avait discuté pendant des heures avec Theo, et elle ne savait toujours pas quoi répondre.

La grande question que se posait Theo, c'était : « Pourquoi veulent-ils la garde d'April, l'un comme l'autre ? » L'un comme l'autre, ils avaient manqué à leur devoir d'innombrables fois. Theo avait entendu bien des histoires, mais n'avait jamais rien répété.

— Qu'est-ce que tu vas dire ? demanda-t-il.

— Je vais dire au juge que je veux vivre avec ma tante Peg à Denver.

— Je croyais qu'elle avait dit non ?

— C'est vrai.

— Alors, tu ne pourras pas demander ça.

— Qu'est-ce que je peux demander, Theo ?

— Ma mère te dirait de choisir ta mère. Je sais que ce n'est pas ton premier choix, mais tu n'en as pas d'autre.

— Mais le juge peut faire ce qu'il veut, pas vrai ?

— C'est vrai. Si tu avais quatorze ans, tu pourrais prendre une décision contraignante. Comme tu n'en as que treize, le juge t'écoutera, mais c'est tout. D'après ma mère, ce juge ne donne presque jamais la garde au père. Joue la sûreté. Va avec ta mère.

April portait un jean, des chaussures de randonnée et un pull marin. Elle s'habillait rarement en fille, même si sa féminité était évidente. Elle essuya une larme, mais garda contenance.

— Merci, Theo.

— J'aimerais rester.

— Et moi, j'aimerais aller en cours.

Ils réussirent tous deux à rire, d'un rire forcé.

— Je penserai à toi. Sois courageuse.

— Merci, Theo.

Son juge préféré était l'Honorable Henry Gantry. Theo pénétra dans le bureau du grand homme à 8 h 20.

— Ah ! Theo, bonjour, dit Mrs Hardy, qui préparait ses dossiers en touillant son café.

— Bonjour, madame Hardy, dit Theo en souriant.

— Et qu'est-ce qui nous vaut l'honneur de ta visite ? demanda-t-elle.

Theo pensait qu'elle était un peu plus jeune que sa mère, et elle était très jolie. C'était sa préférée de toutes les secrétaires du tribunal. Sa greffière préférée était Jenny, aux Affaires familiales.

— J'ai besoin de voir le juge Gantry, dit-il. Il est là ?

— Euh, oui, mais il est très occupé.

— S'il vous plaît. Juste une minute.

Mrs Hardy prit une gorgée de café et demanda :

— C'est pour le grand procès de demain ?

— Oui madame, c'est ça. J'aimerais que ma classe d'éducation civique puisse assister au premier jour du procès, mais je dois être sûr qu'il y aura assez de sièges.

— Ça, je ne sais pas, Theo, dit Mrs Hardy d'un air ennuyé. Nous attendons la foule. Ce sera très juste.

— Je peux parler au juge ?

— Vous êtes combien dans ta classe ?

— Seize. Je pensais qu'on pourrait peut-être s'installer au balcon.

L'air toujours préoccupé, Mrs Hardy prit le téléphone et appuya sur un bouton. Elle attendit une seconde puis demanda :

— Oui, monsieur le juge, c'est Theodore Boone qui voudrait vous voir. Je lui ai dit que vous étiez très occupé.

Elle écouta un instant, puis raccrocha.

— En vitesse, alors, dit-elle à Theo.

Quelques instants plus tard, Theo se trouvait devant le plus imposant bureau de la ville : une table couverte de papiers, de dossiers et de gros classeurs, un bureau qui représentait le pouvoir énorme du juge Henry Gantry, qui, à cet instant, ne souriait pas. En fait, Theo était sûr que le juge n'avait pas souri depuis qu'il l'avait interrompu dans son travail. Theo, en revanche, se força à un immense rictus métallique.

— Présente ton dossier, dit le juge Gantry.

Cet ordre, Theo avait entendu le juge le donner à de nombreuses reprises. Il avait vu des avocats, des bons, se lever et bafouiller, chercher leurs mots sous le regard courroucé du juge. Celui-ci ne semblait pas courroucé pour l'instant, il ne portait pas sa robe noire, mais il restait intimidant. Theo s'éclaircit la gorge – et il saisit une lueur révélatrice dans l'œil de son ami.

— Eh bien, monsieur, mon professeur d'éducation civique, Mr Mount, pense que le principal pourrait nous accorder une journée entière pour assister à l'ouverture du procès, demain.

Theo s'arrêta, inspira profondément, se répéta qu'il devait parler clairement, lentement et avec détermination, comme tous les grands avocats pénalistes.

— Mais il nous faut être sûrs d'avoir des sièges. Je pensais que nous pourrions nous asseoir au balcon.

— Ah, vraiment ?

— Oui, monsieur.

— Combien ?

— Seize, plus Mr Mount.

Le juge ouvrit un dossier et commença à lire comme s'il avait soudain oublié Theo au garde-à-vous devant lui. Theo patienta quinze secondes, mal à l'aise. Tout à coup, le juge lança :

— Dix-sept sièges, premier rang du balcon, côté gauche. Je dirai à l'huissier de vous faire asseoir à 8 h 50, demain. Comportement irréprochable.

— Pas de problème, monsieur.

— Je demanderai à Mrs Hardy d'envoyer un e-mail à votre principal.

— Merci, juge.

— Tu peux partir, Theo. Désolé d'être occupé à ce point-là.

— Pas de problème, monsieur.

Theo allait décamper quand le juge l'arrêta :

— Dis, Theo. Tu penses que Mr Duffy est coupable ?

Theo se retourna et répondit sans hésiter :

— Il est présumé innocent.

— Je sais. Mais quelle est ton opinion sur sa culpabilité ?

— Je pense qu'il est coupable.

Le juge hocha la tête, sans montrer s'il était d'accord ou pas.

— Et vous ? demanda Theo.

Enfin, le juge sourit.

— Je suis un arbitre équitable et impartial, Theo. Je n'ai aucune idée préconçue sur sa culpabilité ou son innocence.

— Je pensais bien que vous diriez ça.

— À demain.

Theo ouvrit la porte et sortit en vitesse.

Mrs Hardy, debout, les poings sur les hanches, fusillait du regard deux avocats intimidés qui demandaient à voir le juge. Tous trois se turent d'un coup en voyant Theo sortir du bureau du juge. Il sourit à Mrs Hardy.

— Merci, dit-il avant de disparaître.

2.

Il fallait un quart d'heure pour se rendre du tribunal au collège si l'on se déplaçait correctement, en respectant le code de la route et la propriété privée... En temps normal, c'était le cas de Theo, mais, cette fois-ci, il était un peu en retard. Il dévala Market Street à contresens, coupa un virage sous le nez d'une voiture et traversa un parking à toute allure, roulant sur tous les trottoirs, puis – l'infraction la plus grave – il prit une voie privée entre deux maisons d'Elm Street. Il entendit quelqu'un hurler derrière lui jusqu'au moment où il se retrouva en sûreté sur le parking des professeurs, derrière le collège. Il regarda sa montre : neuf minutes. Pas mal.

Il attacha son vélo à la barre près du drapeau, puis entra avec une nuée d'élèves qui descendaient du bus. La cloche de 8 h 40 sonnait quand il arriva pour l'appel ; il dit bonjour à Mr Mount. C'était son professeur d'éducation civique, mais aussi son conseiller pédagogique.

— Je viens de parler au juge Gantry, dit Theo au professeur, dont le bureau était nettement plus petit que celui du juge.

La salle bourdonnait du désordre matinal habituel. Les seize garçons de la classe étaient tous présents, et ils plaisantaient, rigolaient, s'agitaient et se poussaient à qui mieux mieux.

— Et ?

— J'ai eu les sièges.

— Excellent. Bien joué, Theo.

Mr Mount finit par restaurer l'ordre, fit l'appel et lut les annonces. Dix minutes plus tard, il envoya les élèves en cours d'espagnol avec Mrs Monique. Les garçons se mêlèrent aux filles dans les couloirs. Il y eut quelques tentatives d'approche maladroites. Pendant les cours, on « séparait les genres » (c'est-à-dire les garçons et les filles), selon de nouvelles règles adoptées par les têtes pensantes chargées de l'éducation pour tous les établissements scolaires de la ville. Le reste du temps, les « genres » avaient le droit de se fréquenter.

Mrs Monique était une dame de haute taille, originaire du Cameroun. Elle s'était installée à Strattenburg trois ans plus tôt quand son mari, également du Cameroun, avait commencé à enseigner les langues à l'université locale. Elle n'avait rien de l'enseignante de collège typique. Enfant, en Afrique, elle avait grandi en parlant le béti, la langue de son ethnie, ainsi que l'anglais et le français, les langues officielles du Cameroun. Son père, médecin, put l'envoyer étudier en Suisse, où elle apprit l'allemand et l'italien. Elle perfectionna son espagnol en étudiant dans une université de Madrid. Elle travaillait le russe, et avait l'intention de passer au chinois mandarin. Sa classe était remplie de grandes cartes du monde colorées ; ses élèves croyaient qu'elle avait été partout, qu'elle avait tout vu et qu'elle savait tout parler. Le monde est vaste, leur répétait-elle, et, dans les autres pays, la plupart des gens parlent plus d'une langue. Ses élèves se concentraient sur l'espagnol, mais on les encourageait aussi à apprendre d'autres langages.

La mère de Theo étudiait l'espagnol depuis des années ; elle se souvenait aussi de nombreux mots et expressions appris quand elle était toute petite. Certains de ses clients venaient d'Amérique centrale ; quand Theo les voyait au bureau, il était prêt à leur parler. Ils trouvaient toujours cela mignon.

Mrs Monique lui avait déclaré qu'il avait une bonne oreille, et cela l'avait motivé à étudier davantage. Les élèves, curieux, demandaient souvent à leur professeur de « dire quelque chose en allemand », de « parler en italien ». Elle acceptait, mais à condition que l'élève demandeur dise aussi quelques mots dans cette langue. Elle lui donnait alors des points en plus, suscitant l'enthousiasme. La plupart des garçons de la classe connaissaient quelques dizaines de mots en plusieurs langues. Aaron, qui avait une mère espagnole et un père allemand, était de loin le plus doué. Mais Theo était décidé à le rattraper. Après l'éducation civique, l'espagnol était sa matière préférée, et Mrs Monique était son professeur préféré, juste après Mr Mount.

Ce jour-là, pourtant, il eut du mal à se concentrer. Ils étudiaient les verbes espagnols – une corvée en temps normal et, de plus, Theo avait l'esprit ailleurs. Il s'inquiétait pour April, et la journée terrible qu'elle allait passer à la barre. Il n'arrivait même pas à s'imaginer une telle horreur : devoir choisir un parent de préférence à un autre. Et même quand il arrivait à oublier April un moment, il ne pensait qu'au procès pour meurtre et brûlait d'impatience, en attendant la journée de demain et les déclarations préliminaires des avocats.

La plupart de ses camarades rêvaient de grands matchs ou de concerts. Theo Boone, lui, vivait pour les grands procès.

Ensuite vint le cours de géométrie, avec Mrs Garman. Puis une courte récréation, dans la cour, et la classe revint chez Mr Mount pour la meilleure heure de la journée, du moins aux yeux de Theo. Mr Mount avait la trentaine. Il avait travaillé comme avocat pour une société gigantesque, dans un gratte-ciel de Chicago. Son frère était avocat. Son père et son grand-père avaient été juge et avocat. Mr Mount, pourtant, s'était lassé de la pression et des horaires à rallonge, et il avait tout bonnement démissionné. Il avait quitté ce monde d'argent pour une activité qu'il trouvait bien plus gratifiante. Il adorait enseigner, et même s'il se considérait encore comme un avocat, il estimait que la salle de classe était bien plus importante que la salle d'audience.

Comme il connaissait bien le droit, l'essentiel de son cours se passait en discussions sur les affaires judiciaires, les anciennes, celles en cours et même les cas fictifs vus à la télévision.

— Très bien, messieurs, commença-t-il.

Il leur disait toujours « messieurs » et, à treize ans, il n'y avait pas de plus grand compliment.

— Demain, je veux que vous soyez ici à 8 h 15. Nous prendrons le bus pour aller au tribunal et nous aurons largement le temps de nous installer. C'est une excursion autorisée par le principal, donc vous serez excusés auprès des autres professeurs. Apportez de quoi vous acheter à déjeuner. Nous irons chez Pappy. Des questions ?

Les jeunes messieurs étaient suspendus à ses lèvres, avec un enthousiasme unanime.

— Et nos sacs ? demanda quelqu'un.

— Non, répondit Mr Mount. On ne vous laissera rien emporter dans la salle. La sécurité sera stricte. Après tout, c'est le premier procès pour meurtre depuis longtemps. D'autres questions ?

— Il faut être habillé comment ?

Les regards se tournèrent vers Theo – y compris celui de Mr Mount. Il était connu que Theo passait plus de temps au tribunal que la plupart des avocats.

— Veste et cravate, Theo ? demanda Mr Mount.

— Non, non, pas du tout. On est bien comme ça.

— Parfait. D'autres questions ? Bien. J'ai demandé à Theo de nous présenter la scène de demain. La disposition de la salle, des acteurs… qu'on sache ce qui nous attend. Theo ?

Theo avait déjà connecté son ordinateur portable au vidéoprojecteur. Il s'avança et fit apparaître un grand schéma sur le tableau blanc.

— Voici la salle d'audience principale, déclara-t-il de sa plus belle voix d'avocat.

À l'aide d'un pointeur laser, il désigna le schéma.

— En haut, au milieu, la cour. C'est là que le juge s'assoit et qu'il dirige le procès. Je ne sais pas pourquoi on l'appelle une cour. On dirait plutôt un trône. Enfin, c'est comme ça. Le juge, c'est Henry Gantry.

Theo appuya sur une touche et une photo grand format du juge apparut. Robe noire, visage sévère. Theo la réduisit, puis la posa au bon endroit. Une fois le juge en place, il reprit :

— Le juge Gantry occupe cette fonction depuis une vingtaine d'années. Il ne traite que d'affaires pénales. Il dirige ses audiences d'une main ferme et la plupart des avocats l'apprécient.

Theo désigna ensuite le centre de la salle :

— Voici le banc de la défense où Mr Duffy, l'homme accusé de meurtre, s'assiéra.

Theo fit apparaître une photo en noir et blanc tirée d'un journal.

— Voici Mr Duffy. Âgé de quarante-neuf ans, il était marié à Mrs Duffy qui est à présent décédée, et, comme nous le savons tous, Mr Duffy est accusé de l'avoir tuée.

Theo réduisit la photo et la déplaça sur le banc de la défense.

— Son avocat s'appelle Clifford Nance, c'est probablement le meilleur avocat de la défense dans cette partie de l'État.

Nance apparut sur un cliché en couleurs ; il arborait un costume sombre et un sourire forcé. Il avait de longs cheveux gris ondulés. Sa photo alla retrouver celle de son client.

— L'accusation se trouve à côté de la défense. Le procureur principal s'appelle Jack Hogan. On l'appelle aussi le district attorney.

La photo de Hogan apparut et alla se placer sur la table voisine de la défense.

— Où est-ce que tu as trouvé ces photos ? demanda quelqu'un.

— Chaque année, le barreau des avocats publie un annuaire de tous les avocats et les juges, répondit Theo.

— Et tu es dedans ?

Il y eut quelques gloussements.

— Non. Il y aura aussi d'autres avocats et assistants, pour l'accusation comme pour la défense. Cette zone est généralement pleine de gens. Là-bas, près de la défense, se trouve le banc du jury. Il comporte quatorze sièges – douze pour les jurés et deux pour les remplaçants. La plupart des États ont encore des jurys à douze personnes, mais il n'est pas rare que cet effectif varie.

Quel que soit le nombre, le verdict doit être unanime, au moins dans les affaires pénales. On choisit des remplaçants si jamais un juré tombe malade, ou se fait excuser. Le jury a été choisi la semaine dernière, donc on ne sera pas obligés d'assister à ça. C'est une partie ennuyeuse du procès.

Le pointeur laser indiqua de nouveau la cour. Theo reprit :

— Le greffier se tient ici. Il utilise une machine appelée sténotype. Ça ressemble à une machine à écrire, mais c'est très différent. Son travail est de noter tout ce qui se dit pendant le procès. Cela paraît impossible, mais il donne l'impression que c'est facile. Ensuite, il préparera ce qu'on appelle une transcription pour que les avocats et les juges aient un relevé de tous les débats. Certaines transcriptions font des milliers de pages.

Theo déplaça son pointeur.

— Ici, près du greffier, en contrebas du juge, c'est la barre des témoins, avec un siège. Chaque témoin doit s'y rendre et jurer de dire la vérité avant de s'y asseoir.

— Et nous, on s'assied où ?

Theo indiqua le milieu du schéma.

— Cela s'appelle la barre. Là encore, ne me demandez pas pourquoi. La barre, c'est une rampe qui sépare les spectateurs de la zone de procès. Il y a dix rangées de sièges avec une allée au milieu. Normalement, il y a plus de places qu'il n'en faut, mais ce procès sera différent.

Theo montra le fond de la salle.

— Là-haut, au-dessus des dernières rangées, il y a le balcon, avec trois grands bancs. On sera au balcon, mais ne vous inquiétez pas. On verra et on entendra tout.

— Des questions ? demanda Mr Mount.

Les élèves regardaient le schéma, bouche bée.

— Qui commence ? demanda l'un d'eux.

Tout en faisant les cent pas, Theo répondit :

— D'abord, c'est à l'État de prouver la culpabilité de l'accusé ; il doit donc présenter son dossier en premier. Demain matin, pour commencer, le procureur s'adressera aux jurés. Cela s'appelle la déclaration préliminaire. Il expose l'affaire. Puis l'avocat de la défense fera de même. Après cela, l'État commencera à appeler les témoins. Comme vous le savez, Mr Duffy est présumé innocent, donc l'État doit prouver sa culpabilité, et au-delà de tout doute raisonnable. Mr Duffy affirme qu'il est innocent, ce qui n'arrive pas souvent, en réalité. Environ 80 % des personnes accusées de meurtre finissent par plaider coupable, parce qu'elles sont bel et bien coupables. Les autres 20 % sont jugées dans un procès, et reconnues coupables à 90 %. Il est donc rare qu'un accusé de meurtre soit reconnu non coupable.

— Mon père pense qu'il est coupable, dit Brian.

— Pas mal de gens le pensent, répondit Theo.

— À combien de procès tu as assisté, Theo ?

— Je ne sais pas. Des dizaines.

Comme aucun autre élève de sa classe n'avait jamais vu de salle d'audience, c'était presque incroyable. Theo reprit :

— Pour ceux qui regardent beaucoup la télévision, ne vous attendez pas à du grand spectacle. Un vrai procès, c'est très différent, et pas du tout aussi palpitant. Il n'y a pas de témoin surprise, de confession dramatique, d'avocats qui se battent. Et, dans ce procès, il n'y a pas de témoin oculaire du meurtre. Cela signifie que tous les éléments à charge présentés par l'État seront circonstanciels. Ce mot, vous allez beaucoup l'entendre, en particulier dans la bouche de

Mr Clifford Nance, l'avocat de la défense. Il va insister lourdement sur le fait que l'État n'a pas de preuve directe, que tout est circonstanciel.

— Je ne suis pas sûr de comprendre, dit un élève.

— Cela veut dire que les preuves sont indirectes, pas directes. Par exemple : tu es allé au collège à vélo, aujourd'hui ?

— Oui.

— Et ton vélo, tu l'as attaché près du drapeau ?

— Oui.

— Donc, quand tu sortiras de classe tout à l'heure, et que tu verras que ton vélo a disparu et que l'antivol a été coupé, tu auras la preuve indirecte qu'on t'a volé ton vélo. Personne n'a vu le voleur, donc il n'y a pas d'élément direct à charge. Disons que demain la police retrouve ton vélo chez un prêteur sur gages de Raleigh Street, un magasin connu pour vendre des vélos volés. Le marchand donne un nom à la police, qui enquête et trouve un type qui a déjà volé des vélos. Alors, grâce à ces preuves indirectes, tu as de bonnes chances de démontrer que ce gars est ton voleur. Pas de preuves directes, mais circonstancielles.

Même Mr Mount écoutait d'un air approbateur. Il était conseiller pédagogique pour les débats en classe et, évidemment, Theodore Boone était sa star. Il n'avait jamais vu d'élève à l'esprit aussi vif.

— Merci, Theo, dit Mr Mount. Et merci aussi pour les sièges que tu as réussi à obtenir, ce matin.

— De rien, dit Theo avant de se rasseoir fièrement.

C'était une classe brillante d'une bonne école publique. Justin était de loin le meilleur athlète, même s'il ne nageait pas aussi vite que Brian. Ricardo les battait tous au golf et au tennis. Edward jouait du violoncelle, Woody de la guitare électrique, Darren de la batterie et Jarvis de la trompette. Joey avait le QI le plus élevé et les meilleures notes possible. Chase était le scientifique fou qui menaçait toujours de faire sauter le labo. Aaron parlait espagnol du côté de sa mère, allemand grâce à son père, et anglais, bien sûr. Brandon livrait les journaux tôt le matin, jouait en Bourse sur Internet, et avait prévu d'être le premier millionnaire du groupe.

Naturellement, il y avait deux asociaux complets et au moins un délinquant potentiel.

La classe avait même son avocat : une première pour Mr Mount.

3.

Le cabinet d'avocats Boone & Boone avait ses bureaux dans une vieille maison de Park Street, non loin de la grand-rue et du tribunal. Il y avait des hordes d'avocats dans le quartier, et toutes les maisons de Park Street étaient devenues des bureaux de juristes, d'architectes, de comptables, d'ingénieurs, etc.

Le cabinet comptait deux avocats, Mr Boone et Mrs Boone, associés à égalité dans tous les sens du terme. Mr Boone, le père de Theo, avait une petite cinquantaine, mais paraissait bien plus vieux, du moins aux yeux de Theo, qui gardait soigneusement son opinion pour lui. Le prénom de Mr Boone était Woods, ce qui ressemblait davantage à un nom de famille. Tiger Woods, le golfeur. James Woods, l'acteur. Theo cherchait encore un autre être humain prénommé Woods – mais après tout, pourquoi s'en inquiéter ? Theo n'y pouvait rien.

Woods Boone. Parfois, quand Theo prononçait rapidement ce nom, cela ressemblait à « Housse Bonne ». Mais comment savoir si une housse était bonne ? Pourquoi s'inquiéter de détails pareils ? Quoi qu'il en soit, c'était une de ces habitudes agaçantes dont on n'arrive pas à se débarrasser : Theo pensait à « Housse Bonne » chaque fois qu'il arrivait devant le bureau de son père, en voyant son nom gravé en noir sur la plaque.

Le bureau était au premier. Il fallait monter un escalier délabré couvert d'un tapis fatigué et taché. Mr Boone était seul au premier étage, parce que les dames du dessous l'y avaient envoyé – et pour deux raisons. D'abord, parce qu'il laissait son bureau dans un désordre effarant (Theo l'adorait). Ensuite, et surtout, Mr Boone fumait la pipe, et préférait garder les fenêtres fermées et le ventilateur éteint, pour que l'air se charge du riche arôme de son tabac préféré du moment. La fumée ne gênait pas Theo non plus, mais il s'inquiétait pour la santé de son père. Mr Boone n'était pas franchement obsédé par sa forme physique. Il faisait peu d'exercice et n'était pas mince. Il travaillait beaucoup, mais laissait ses problèmes au bureau, contrairement à son associée, la mère de Theo.

Mr Boone était un avocat immobilier et, pour Theo, c'était la spécialité juridique la plus ennuyeuse. Son père n'allait jamais au tribunal, ne plaidait jamais devant un juge, ne s'adressait jamais à un jury – en fait, il ne quittait jamais son bureau, apparemment. Il se désignait souvent comme un « avocat de bureau », titre qui semblait le satisfaire. Theo admirait son père, mais il n'avait aucune envie de passer sa carrière enfermé ainsi. Non, monsieur. Theo visait le tribunal.

Comme Mr Boone était seul au premier, il disposait d'un espace immense. De longues étagères croulant sous les livres s'alignaient sur deux murs, les deux autres étant couverts d'une collection sans cesse agrandie de photos montrant Woods dans toutes sortes de poses : serrant la main d'hommes politiques, en compagnie d'avocats lors de réunions officielles, et ainsi de suite. Theo avait vu plusieurs autres bureaux de juristes en ville

– il aimait bien fourrer son nez partout dès qu'il y avait une porte ouverte – et il savait déjà que les avocats adoraient recouvrir les murs de ce genre de photos, avec leurs diplômes, leurs médailles et leurs certificats d'appartenance à tel ou tel club. Le mur de l'Ego, ricanait sa mère, dont le bureau dépouillé ne contenait que quelques œuvres d'art moderne étranges.

Theo frappa et entra. Il devait passer voir ses deux parents chaque après-midi après le collège, sauf s'il était occupé ailleurs. Son père était assis derrière un vieux bureau couvert de piles de papiers. Mr Boone était toujours seul, parce que les clients passaient rarement le voir. Ils appelaient, envoyaient des lettres, des fax ou des e-mails, mais ils n'avaient pas besoin de lui rendre visite pour avoir ses conseils.

— Salut, dit Theo en s'écroulant sur une chaise.

— Ça s'est bien passé au collège ? demanda son père – la même question tous les jours.

— Très bien. Le principal nous a autorisés à sortir au tribunal demain. J'ai vu le juge Gantry ce matin et il m'a promis des sièges au balcon.

— C'est sympa de sa part. Tu as de la chance. La moitié de la ville y sera.

— Tu y vas, toi ?

— Moi ? Non, dit son père en montrant les piles de papiers comme si elles exigeaient son attention de toute urgence.

Theo avait surpris une conversation entre ses parents, au cours de laquelle ils s'étaient juré de ne pas s'arrêter au tribunal pendant le procès pour meurtre. Ils étaient eux-mêmes avocats et très occupés, et, tout simplement, ils ne pensaient pas convenable de perdre du temps à assister au procès d'un autre. Mais Theo savait bien que, comme tout le monde en ville, ils auraient voulu être là.

Son père, et sa mère dans une moindre mesure, se servaient de l'excuse du travail quand ils ne voulaient pas faire quelque chose.

— Combien de temps durera le procès ? demanda Theo.

— Il pourrait durer une semaine, à ce qu'on dit.

— J'aimerais vraiment tout voir.

— N'y pense même pas, Theo. J'en ai déjà parlé au juge Gantry. S'il te voit dans la salle alors que tu es censé être au collège, il arrêtera le procès, te fera expulser et ordonnera à un huissier de te mettre en cellule. Je ne te sortirai pas de là. Tu y resteras plusieurs jours, en compagnie des ivrognes et des voyous.

Là-dessus, Mr Boone prit une pipe, l'alluma et souffla un nuage de fumée. Ils se défièrent du regard. Theo se demandait si son père plaisantait, mais en tout cas il avait l'air sérieux. Le juge Gantry et lui étaient de vieux amis.

— Tu rigoles ? demanda enfin Theo.

— En partie, oui. Je te tirerais de cellule… mais j'ai bel et bien parlé au juge Gantry.

Theo réfléchissait déjà à un moyen d'assister au procès sans que le juge Gantry le voie. Sécher les cours, c'était le plus facile.

— Allez, file, dit Mr Boone, va faire tes devoirs.

— À tout à l'heure.

Au rez-de-chaussée, la porte d'entrée était gardée par une femme qui travaillait au cabinet depuis le début ou presque. Son prénom était Elsa. Son nom de famille, Miller, mais Theo, comme tout le monde, avait interdiction de l'utiliser. Quel que fût l'âge d'Elsa, et personne ne le savait exactement, elle insistait pour qu'on l'appelle par son prénom. Même un jeune de treize ans. Elsa travaillait déjà pour les Boone bien avant la naissance de Theo. Elle faisait office de réceptionniste, secrétaire, intendante et assistante en cas de besoin. Elle gérait le cabinet, et devait parfois arbitrer les petits désaccords entre l'avocat Boone du premier et l'avocat Boone du rez-de-chaussée.

Elsa était quelqu'un de très important dans la vie des trois Boone. Theo la considérait comme une amie et une confidente.

— Salut, Elsa, dit-il en s'arrêtant devant son bureau.

Elle bondit de son siège, bouillonnante d'énergie comme toujours, et l'étreignit. Puis elle jeta un œil à sa tenue.

— Tu ne portais pas déjà cette chemise hier ?

— Non.

Et c'était vrai.

— Je pense que si.

— Désolé, Elsa.

Elle faisait souvent des commentaires sur ses vêtements et, pour un garçon de treize ans, c'était lourd. Pourtant, grâce à cela, Theo restait en alerte. C'était comme si quelqu'un l'observait en permanence en prenant des notes, et il pensait souvent à Elsa quand il s'habillait en vitesse, le matin. Encore une habitude agaçante dont il n'arrivait pas à se débarrasser.

La garde-robe d'Elsa, elle, était légendaire. Elle était petite et très menue – « elle peut porter n'importe quoi », répétait la mère de Theo – et préférait les vêtements ajustés, aux teintes audacieuses. Ce jour-là, elle avait un pantalon de cuir noir avec une espèce de pull d'un vert bizarre. On dirait une asperge, pensa Theo. Elsa avait des cheveux gris coupés court, brillants et hérissés. Ses lunettes, comme d'habitude, étaient coordonnées à la couleur de sa tenue : elles étaient vertes, donc. Elsa était tout sauf ennuyeuse. Elle frôlait peut-être les soixante-dix ans, mais elle ne vieillissait pas paisiblement.

— Ma mère est là ? demanda Theo.

— Oui, et la porte est ouverte.

— Merci, dit Theo en se dirigeant vers les bureaux.

— Un de tes amis a téléphoné.

— Qui ?

— Il a dit qu'il s'appelait Sandy et qu'il passerait peut-être.

— Merci.

Theo s'arrêta aussi dire bonjour à Dorothy, la secrétaire de son père, une gentille dame qui était aussi ennuyeuse que le travail de son patron. Theo salua également Vince, leur secrétaire juridique de longue date, qui travaillait sur les dossiers de Mrs Boone.

Marcella Boone était au téléphone quand Theo entra et s'assit. Son bureau, verre et chromes, était parfaitement organisé, sans disparaître sous les papiers, contrairement à celui de son mari. Ses dossiers du jour étaient rangés en bon ordre sur une étagère derrière elle. Tout était en place, sauf ses chaussures, posées à proximité. Des talons hauts : pour Theo, cela signifiait qu'elle s'était rendue au tribunal ce jour-là. Sa mère portait une tenue d'audience : jupe et veste rouge sombre. Sa mère était toujours pimpante et soignée, mais elle faisait un effort supplémentaire quand elle se présentait devant le juge.

— Les hommes ont le droit de se relâcher, disait-elle souvent. Mais les femmes sont censées rester élégantes. Où est l'égalité ?

Elsa était d'accord : ce n'était pas juste.

En réalité, Mrs Boone aimait s'acheter des vêtements et avoir l'air élégant. Mr Boone n'avait aucun intérêt pour la mode, et encore moins pour l'élégance. Il n'avait que trois ans de plus qu'elle, mais au moins dix de plus dans sa tête.

À cet instant, Mrs Boone parlait à un juge, un juge qui n'était pas d'accord avec elle. Elle raccrocha enfin et son expression changea aussitôt. Elle sourit à Theo.

— Ça s'est bien passé, mon grand ?

— Super, maman. Et toi ?

— Comme d'habitude. Du nouveau, au collège ?

— On part en excursion demain, pour assister au procès. Tu vas venir ?

Sa mère faisait déjà non de la tête.

— J'ai une audience à 10 heures devant le juge Sanford. Je suis trop occupée pour assister à un procès, Theo.

— Papa dit qu'il a déjà parlé au juge Gantry et qu'ils ont mijoté un plan pour m'empêcher d'y assister. Tu y crois, toi ?

— J'espère bien. L'école, c'est la priorité.

— L'école, c'est l'ennui, maman. Il y a deux cours bien, c'est tout. Tout le reste, c'est de la perte de temps.

— Je ne dirais pas que ton éducation est une perte de temps.

— J'en apprends davantage au tribunal.

— Peut-être, mais un jour, tu auras l'occasion d'y passer tout le temps que tu voudras. Pour l'instant, tu te concentres sur tes cours. D'accord ?

— Je pensais apprendre un peu de droit sur Internet. Il y a un site qui propose des cours trop bien.

— Theodore, mon chéri, tu n'es pas prêt pour des études de droit. Nous en avons déjà discuté. Profite de ta classe, puis du lycée, et après on verra. Tu es encore un ado, d'accord ? Profites-en.

Theodore haussa vaguement les épaules.

— Allez, va faire tes devoirs.

Le téléphone sonna et Elsa lui transféra un nouvel appel important.

— Maintenant, excuse-moi, Teddy, et souris, s'il te plaît, dit Mrs Boone.

Theo sortit doucement du bureau. Il se dirigea vers la salle de reproduction, toujours en désordre, et traversa deux pièces de stockage remplies de grosses boîtes d'archives.

Theo était certain d'être le seul collégien de Strattenburg à posséder son propre cabinet d'avocat. C'était un cagibi ajouté au bâtiment principal quelques décennies plus tôt, où ses parents entassaient de vieux documents juridiques... avant que Theo ne s'en empare. Une table à jouer faisait office de bureau – pas aussi bien rangé que celui de sa mère, mais bien mieux que celui de son père. Son fauteuil était un siège informatique dépenaillé, récupéré au moment où ses parents avaient rafraîchi la bibliothèque en face du bureau d'Elsa.

Son chien était assis sur le siège. Juge passait toutes ses journées chez Boone & Boone, à dormir ou à vagabonder tranquillement, évitant ces humains toujours si pressés. Il se faisait régulièrement sortir des salles de réunion. Plus tard, il revenait au bureau de Theo, grimpait sur son siège et l'attendait.

— Salut, Juge. Tu as bien travaillé aujourd'hui ?

Juge sauta à terre, agitant la queue, aux anges. Theo s'installa et posa son sac sur la table. Il jeta un œil dans la pièce. Il avait punaisé un grand poster des Twins, une équipe de base-ball du Minnesota, avec le programme de la saison. À sa connaissance, il était le seul fan des Twins en ville. Le Minnesota se trouvait à mille cinq cents kilomètres de là et Theo n'y était jamais allé. Il soutenait cette équipe parce qu'il était le seul de Strattenburg : c'était justice qu'ils y aient au moins un fan. Theo avait choisi les Twins plusieurs années auparavant et leur vouait une loyauté farouche – qui était mise à l'épreuve pendant toute cette longue saison.

Sur un autre mur, on voyait un grand dessin comique représentant Theo Boone, avocat, portant un costume-cravate, face au tribunal. Un marteau lui frôlait la tête et la légende disait : « Objection rejetée ! » Dans le fond, les jurés hurlaient de rire aux dépens de Theo. L'artiste avait griffonné son nom dans un coin : « April Finnemore ». Elle lui avait donné ce croquis un an plus tôt, pour son anniversaire. Son rêve était de s'enfuir à Paris, tout de suite, et de passer le reste de sa vie à dessiner et à peindre des scènes de rue.

Une porte donnait sur une arrière-cour gravillonnée qui servait de parking.

Comme d'habitude, il ouvrit son sac et commença ses devoirs, qui devaient être finis avant le dîner, selon une règle plutôt rigide établie par ses parents quand il était entré à l'école. Un problème d'asthme empêchait Theo de jouer aux sports d'équipe qu'il aurait tant voulu pratiquer, mais cela lui assurait aussi d'excellentes notes en classe. Au fil des ans, il avait accepté à contrecœur que ses succès scolaires soient un bon substitut aux matchs qu'il ratait. Il avait droit au golf, tout de même, et il allait y jouer tous les samedis matin à 9 heures.

On frappa à la porte de derrière. Juge, qui avait son lit sous le bureau, grogna doucement.

Sandy Coe avait le même âge et était au même collège, mais dans une autre classe. Theo le connaissait, sans plus. C'était un garçon agréable et réservé. Il avait besoin de parler, et Theo le fit entrer. Sandy prit le seul autre siège : un pliant posé dans un coin. Une fois les deux garçons assis, la pièce était pleine.

— On peut parler en privé ? demanda Sandy, l'air nerveux et intimidé.

— Bien sûr. Qu'est-ce qu'il se passe ?

— Il me faudrait un conseil, je crois. Je ne suis pas vraiment sûr, mais il faut que je parle à quelqu'un.

Theo le conseiller juridique déclara :

— Je te promets que tout ce que tu me dis restera confidentiel.

— Bien. Mon père s'est fait licencier il y a quelques mois et, euh… ça se passe mal à la maison.

Il s'arrêta, attendant la réaction de Theo.

— Je suis désolé.

— Et hier soir, mes parents ont discuté vraiment sérieux à la cuisine, je n'aurais pas dû les écouter, mais je n'ai pas pu m'en empêcher. Tu sais ce que c'est, une saisie ?

— Oui.

— C'est quoi ?

— Il y en a beaucoup en ce moment. C'est quand le propriétaire d'une maison ne peut plus payer le crédit hypothécaire et que la banque veut récupérer la maison.

— Je n'y comprends rien.

— Bon. Ça se passe comme ça. (Theo prit un livre de poche et le posa au milieu de la table.) Disons que c'est une maison et que tu veux l'acheter. Elle vaut cent mille dollars et, comme tu n'as pas cent mille dollars, tu vas à la banque pour emprunter l'argent. (Il posa un gros manuel à côté du livre.) Là, c'est la banque.

— Compris.

— La banque te prête cent mille dollars, et maintenant tu peux acheter la maison au vendeur. Tu acceptes de payer à la banque, disons cinq cents dollars par mois pendant trente ans.

— Trente ans ?

— Ouais. C'est le contrat type. La banque te fait payer en plus, pour le prêt – ça s'appelle un intérêt –, et chaque mois tu paies une partie des cent mille plus un morceau d'intérêt. Tout le monde s'y retrouve. Tu as la maison que tu veux, et la banque gagne de l'argent sur les intérêts. Tout va bien… sauf quand il arrive un problème et que tu ne peux plus payer chaque mois.

— C'est quoi, un crédit hypothécaire ?

— C'est un contrat de ce genre. La banque a un droit sur la maison tant que le prêt n'est pas payé. Quand tu es en retard pour tes paiements, la banque a le droit de te prendre la maison. La banque te vire, et devient propriétaire. C'est ça, une saisie.

Theo posa le manuel sur le livre de poche, le recouvrant complètement.

— Ma mère pleurait quand ils parlaient de déménager. Nous habitons ici depuis que je suis né.

Theo sortit son ordinateur portable et l'alluma.

— C'est horrible, dit-il. Et ça arrive souvent, de nos jours.

Sandy baissa la tête, effondré.

— Comment s'appelle ton père ?

— Thomas. Thomas Coe.

— Et ta mère ?

— Evelyn.

Theo pianota sur le clavier.

— Ton adresse ?

— 814, Bennington Street.

Theo tapa encore. Il attendit un peu, puis :

— Oh, mon Dieu !

— Qu'est-ce qu'il y a ?

— La banque, c'est Security Trust, sur la grand-rue. Tes parents lui ont emprunté cent vingt mille dollars il y a quatorze ans, pour un crédit hypothécaire de trente ans. Cela fait quatre mois qu'ils n'ont pas effectué de paiement mensuel.

— Quatre mois ?

— Ouais.

— Et c'est sur Internet, tout ça ?

— Oui, mais pas pour tout le monde.

— Comment tu as trouvé ?

— Il y a des moyens. Beaucoup d'avocats paient pour avoir accès à certaines données. En plus, je sais où chercher.

L'air encore plus effondré, Sandy demanda :

— Alors, on va perdre notre maison ?

— Pas exactement.

— Comment ça ? Mon père ne travaille pas.

— Il y a un moyen d'arrêter la saisie, de calmer la banque et de garder la maison un moment – peut-être le temps que ton père retrouve du travail.

Sandy le regarda, éberlué.

— Tu as déjà entendu parler de mise en faillite ? demanda Theo.

— Je crois, mais je ne sais pas ce que c'est.

— C'est ta seule possibilité. Tes parents devront demander la protection du régime des faillites. Il leur faudra donc engager un avocat qui remplira des papiers pour eux devant un tribunal des faillites.

— Combien ça coûte, un avocat ?

— Ne t'inquiète pas de ça pour l'instant. L'important, c'est d'aller voir un avocat.

— Tu ne peux pas t'en occuper, toi ?

— Désolé, non. Mes parents ne sont pas spécialisés dans les faillites, non plus. Mais il y a un gars juste à côté, Steve Mozingo, et il est très bon. Mes parents lui envoient des clients. Ils l'apprécient beaucoup.

Sandy nota son nom en vitesse.

— Et tu crois qu'on pourrait garder notre maison ?

— Oui, mais tes parents doivent aller le voir dès que possible.

— Merci, Theo. Je ne sais pas quoi te dire.

— Pas de problème. C'était un plaisir.

Sandy fila apporter la bonne nouvelle. Theo le regarda monter sur son vélo et disparaître.

Encore un client satisfait.

4.

À 16 h 45, Mrs Boone entra dans le bureau de Theo, un classeur dans une main, un papier dans l'autre.

— Theo, demanda-t-elle, tu veux bien apporter ça en vitesse au tribunal des affaires familiales et le faire enregistrer avant 17 heures ?

— Bien sûr, maman.

Theo se leva et prit son sac. Il avait bien espéré que quelqu'un du cabinet l'envoie faire une course de ce genre.

— Tu as fini tes devoirs, n'est-ce pas ?

— Oui. Il n'y avait pas grand-chose.

— Bien. Et aujourd'hui, c'est lundi. Tu iras rendre visite à Ike, n'est-ce pas ? C'est important pour lui.

Tous les lundis de sa vie, la mère de Theo lui rappelait que c'était aujourd'hui lundi, ce qui voulait dire deux choses : d'abord, Theo devait passer au moins une demi-heure avec Ike et, ensuite, ils dîneraient italien chez Robilio. Le passage chez Robilio était plus agréable que celui chez Ike.

— Oui, madame, dit-il en rangeant les papiers dans son sac. À tout à l'heure chez Robilio.

— Oui, mon chéri, à 19 heures.

— Compris, fit Theo en ouvrant la porte.

Il expliqua à Juge qu'il serait là dans quelques minutes.

Le dîner était toujours à 19 heures. Quand ils restaient à la maison, ce qui était rare parce que sa mère n'aimait pas cuisiner, ils dînaient à 19 heures. Quand ils sortaient, ils dînaient à 19 heures. En vacances, à 19 heures. Quand ils étaient chez des amis, ils n'avaient pas l'impolitesse de proposer une heure pour dîner, mais comme tous leurs amis savaient à quel point cet horaire était important pour les Boone, ils leur faisaient généralement ce plaisir. Parfois, quand Theo passait la nuit chez un copain, partait en camping ou n'était pas chez lui pour une autre raison, il éprouvait une immense satisfaction à dîner avant ou après 19 heures.

Cinq minutes plus tard, il gara son vélo devant le tribunal. Les affaires familiales se trouvaient au deuxième étage, près du bureau de la liberté conditionnelle et du tribunal pénal. Il y avait plein d'autres tribunaux dans le bâtiment – infractions routières, immobilier, contraventions, stupéfiants, animaux, affaires civiles, faillites, et sans doute un ou deux que Theo n'avait pas encore découverts.

Il espérait trouver April, mais elle n'était pas là. La salle d'audience était déserte, les couloirs vides.

Il ouvrit la porte de verre du secrétariat et entra. Jenny, la superbe, attendait.

— Ça alors, bonjour Theo, dit-elle dans un grand sourire.

— Bonjour, Jenny, répondit-il.

Elle était très jolie, jeune, et Theo était amoureux d'elle. Il aurait épousé Jenny dès le lendemain s'il avait pu, mais son âge et le mari de Jenny compliquaient les choses. De plus, elle était enceinte, et cela gênait Theo, mais il n'en avait parlé à personne.

— De la part de ma mère, dit Theo en lui tendant les papiers.

Jenny les étudia un moment, puis dit :

— Mon Dieu, mon Dieu, encore des divorces.

Theo resta là à la regarder.

Elle tamponna, parapha et enregistra officiellement les papiers.

Theo resta là à la regarder.

— Vous allez au procès demain ? demanda-t-il enfin.

— J'irai jeter un œil si j'arrive à m'échapper. Et toi ?

— Oui. J'ai hâte d'y être.

— Ça devrait être intéressant, non ?

Theo se pencha vers elle.

— Vous croyez qu'il est coupable ?

Jenny s'approcha un peu de lui et jeta un œil aux alentours, comme s'ils échangeaient un secret important.

— J'en suis sûre. Et toi ?

— Eh bien, il est présumé innocent.

— Tu passes trop de temps dans les cabinets d'avocats, Theo. Je t'ai demandé ce que tu pensais – ça reste entre nous, bien sûr.

— Je pense qu'il est coupable.

— Nous verrons bien, pas vrai ?

Elle lui lança un petit sourire, puis revint à ses papiers.

— Dites, Jenny. L'audience de ce matin, l'affaire Finnemore, elle est finie, pas vrai ?

Jenny jeta un regard soupçonneux dans la pièce, comme s'ils n'étaient pas censés discuter d'une affaire en cours.

— Le juge Sanford l'a levée à 16 heures. Il reprendra demain matin.

— Vous avez assisté à l'audience ? demanda Theo.

— Non. Pourquoi tu me demandes ça, Theo ?

— Je vais au collège avec April Finnemore. Ses parents sont en train de divorcer. J'aurais aimé savoir, c'est tout.

— Je vois, dit Jenny tristement.

Theo resta là à la regarder.

— À plus tard, Theo.

Au bout du couloir, la salle d'audience était fermée. Un huissier sans arme, sanglé dans son uniforme décoloré, se tenait devant la porte principale. Theo connaissait tous les huissiers et celui-là, Mr Gossett, était l'un des plus ronchons. Mr Boone avait expliqué à son fils que les huissiers sont en général les policiers les plus vieux et les plus ralentis, en fin de carrière. On leur donne un nouveau titre – « huissier » – et on les nomme au tribunal, plus calme et plus sûr que la rue.

— Bonjour, Theo, dit Mr Gossett sans sourire.

— Salut, Mr Gossett.

— Qu'est-ce qui t'amène ?

— J'apporte des papiers de la part de mes parents.

— C'est tout ?

— Oui, monsieur.

— Tu es sûr que tu n'es pas en train de rôder pour voir si la salle est prête pour le grand procès ?

— Euh… aussi, oui.

— C'est ce que je pensais. On a eu du monde aujourd'hui. Une équipe de la télévision vient de partir. Ça devrait être intéressant.

— Vous travaillez demain ?

— Bien sûr que je travaille demain, dit Mr Gossett en bombant un peu le torse, comme si le procès était impossible sans lui. La sécurité sera stricte.

— Pourquoi ? demanda Theo.

En fait, il connaissait la réponse. Mr Gossett pensait en connaître un rayon sur le droit, comme s'il avait absorbé beaucoup de savoir en assistant aux procès et aux audiences. (Il était souvent assoupi.) Et, comme bien des gens qui n'en savent pas autant qu'ils s'imaginent, Mr Gossett ne perdait pas une occasion de faire profiter de ses lumières les personnes moins informées.

Il jeta un œil à sa montre, en homme occupé.

— C'est un procès pour meurtre, un gros, déclarat-il d'un air important.

« Sans blague », pensa Theo.

— Et… eh bien, ce genre de procès attire des gens qui peuvent représenter un danger.

— Qui, par exemple ?

— Eh bien, Theo, laisse-moi t'expliquer. Dans tous les meurtres, il y a une victime, et la victime a des amis et de la famille, et ces gens, naturellement, ne sont pas contents quand la victime est tuée. Tu me suis ?

— Bien sûr.

— Et puis, il y a l'accusé. Dans ce cas, c'est Mr Duffy, qui affirme qu'il n'est pas coupable. Ils disent tous ça, bien sûr, mais supposons qu'il ne le soit pas. Si c'est le cas, alors le véritable tueur est encore en liberté. Il pourrait s'intéresser au procès.

Mr Gossett jeta un regard soupçonneux aux alentours, comme si le véritable tueur était dans les parages et risquait de se vexer.

Theo faillit demander : Pourquoi le véritable tueur représenterait-il un danger s'il assistait au procès ? Qu'est-ce qu'il va faire ? Tuer quelqu'un d'autre ? En plein tribunal ? Devant des dizaines de témoins ?

— Je vois, dit Theo. Vous feriez bien d'ouvrir l'œil.

— On maîtrise la situation.

— À demain matin.

— Tu y seras ? demanda Mr Gossett.

— Bien sûr.

Mr Gossett prit un air sceptique.

— Je ne pense pas, Theo. Le tribunal sera plein à craquer. Tu ne trouveras pas de siège.

— Oh ! j'ai parlé au juge Gantry ce matin. Il m'a promis de me garder de bons sièges.

Là-dessus, Theo s'en alla.

Mr Gossett ne trouva rien à répondre.

Ike était l'oncle de Theo, et le frère aîné de Woods Boone. Avant la naissance de Theo, Ike avait créé le cabinet Boone & Boone avec Woods et Marcella. Il avait été avocat fiscaliste, l'un des rares en ville. Selon les quelques éléments que Theo avait pu glaner sur le sujet, les trois avocats avaient entretenu une relation agréable et productive jusqu'au jour où Ike fit une bêtise. Une grosse. Si grosse qu'il fut radié du barreau. À plusieurs reprises, Theo avait demandé à ses parents ce qu'Ike avait fait de mal, au juste, mais ils refusèrent de lui donner des détails. Ils ne voulaient pas en parler. Ou alors, ils lui expliqueraient quand il serait en âge de comprendre.

Ike s'occupait encore de fiscalité, mais à un niveau inférieur. Il n'était ni avocat ni comptable. Mais comme il devait bien travailler pour vivre, il préparait les déclarations d'impôts pour des salariés et de petites entreprises. Son bureau se trouvait au premier étage d'un vieil immeuble du centre-ville, au-dessus d'un snack tenu par un couple grec. Ike leur remplissait leurs papiers pour le fisc et était payé en partie par un repas gratuit, cinq jours par semaine.

Après la radiation d'Ike, sa femme avait demandé le divorce. Vivant en solitaire, il était généralement ronchon, et Theo n'appréciait pas toujours ses visites chaque lundi après-midi. Mais Ike était de la famille et c'était important pour ses parents, même si eux ne le voyaient pour ainsi dire jamais.

— Salut, Theo, lança Ike au moment où le garçon ouvrait la porte.

Il entra dans une longue pièce encombrée.

— Salut, Ike.

Son oncle était plus vieux que son père, mais il insistait pour qu'on l'appelle par son prénom. Comme Elsa, cela faisait partie de ses efforts pour rester jeune. Il portait un jean délavé, des sandales, un T-shirt avec une pub pour la bière, et des bracelets à perles au poignet gauche. Il avait de longs cheveux blancs, ramenés en queue-de-cheval.

Ike était à son bureau, une grande table couverte de dossiers. Les Grateful Dead jouaient en sourdine sur la chaîne. Les murs étaient couverts de tableaux bizarres et bon marché.

À en croire Mr Boone, Ike avait été l'avocat fiscaliste de multinationale typique, en costume sombre et chemise bien boutonnée – avant d'avoir des ennuis. À présent, Ike se voyait en vieux hippie, anti-tout. Un vrai rebelle.

— Comment va mon neveu préféré ? demanda-t-il à Theo qui s'assit en face de lui.

— Très bien. (Theo était son seul neveu.) Comment ça s'est passé, aujourd'hui ?

Ike désigna les dossiers qui encombraient son bureau.

— Comme d'habitude. Je résous les problèmes d'argent de gens qui n'en ont pas. Et chez Boone & Boone ?

— La routine.

Ike n'était qu'à quatre rues du cabinet de ses parents, mais il les voyait rarement. Ils ne s'entendaient pas trop mal, mais le passé était compliqué.

— Comment va l'école ?

— Bien.

— Que des bonnes notes ?

— Oui. Peut-être un peu moins en chimie.

— Je ne veux que des bonnes notes.

Comme tout le monde, pensa Theo. Il ne savait pas trop pourquoi Ike croyait avoir un droit sur ses notes : c'était sans doute à ça que servaient les oncles. D'après ses parents, Ike était brillant ; il avait décroché son diplôme de fac en trois ans seulement. D'habitude, il en fallait quatre.

— Ta mère va bien ?

— Très bien, elle travaille dur.

Ike ne demandait jamais comment allait Mr Boone.

— Tu dois être tout excité du procès, demain.

— Oui. Mon prof d'éducation civique nous emmène au tribunal. On y passera la journée. Tu vas venir ? demanda Theo, tout en connaissant la réponse.

Ike poussa un grognement dégoûté :

— Pas moi. Je ne vais pas au tribunal pour mon plaisir. En plus, j'ai trop de travail.

Du pur Boone.

— J'ai hâte de voir ça, dit Theo.

— Tu veux toujours être avocat, un grand pénaliste ?

— Qu'est-ce qu'il y a de mal à ça ?

— Oh ! rien, j'imagine.

Theo et lui avaient la même discussion toutes les semaines. Ike voulait que Theo devienne artiste ou architecte, un métier créatif.

— La plupart des gosses rêvent de devenir policiers ou pompiers, athlètes ou acteurs. Je n'ai jamais vu quelqu'un d'aussi obsédé par l'idée de devenir avocat.

— Il faut de tout pour faire un monde.

— J'imagine. Cet avocat de la défense, Clifford Nance... il est très bon. Tu l'as déjà vu en action ?

— Pas dans un grand procès. Je l'ai vu au tribunal présenter des requêtes, mais pas en procès.

— Je connaissais bien Clifford, à une époque. Il y a bien longtemps. Je parie qu'il va gagner.

— Tu crois vraiment ?

— Tout à fait. L'accusation n'a pas grand-chose sous le coude, à ce que j'ai entendu.

Malgré sa vie solitaire, Ike avait le don de capter les rumeurs du tribunal. Pour le père de Theo, ses informations provenaient sans doute de sa partie de poker hebdomadaire avec des avocats à la retraite.

— Rien ne prouve vraiment que Mr Duffy ait tué sa femme, dit Ike. Le procureur peut réussir à démontrer qu'il avait un mobile puissant et susciter les soupçons, mais rien de plus.

— Quel est le mobile ? demanda Theo, même s'il connaissait la réponse.

Il voulait savoir ce que savait Ike, ou ce qu'il était prêt à dire.

— L'argent. Un million de dollars. Mr Duffy a contracté une assurance vie d'un million de dollars sur sa femme, il y a deux ans. Au cas où elle mourrait, il recevrait un million. Ses affaires ne marchaient pas bien. Il lui fallait de l'argent tout de suite ; l'idée, c'est donc que, littéralement, il a pris l'affaire en main.

— Il l'a étranglée ?

Theo avait lu tous les articles sur le meurtre, et connaissait bien sûr la cause du décès.

— C'est la théorie. Elle est morte par strangulation. Le procureur soutiendra que Mr Duffy l'a étranglée, puis a mis la maison à sac et volé les bijoux, pour faire croire qu'elle était tombée sur un cambrioleur.

— Et Mr Nance, qu'est-ce qu'il va essayer de prouver ?

— Il n'a rien à prouver – mais il va dire qu'il n'y a aucune preuve, aucun élément attestant que Mr Duffy se trouvait sur le lieu du crime. À ma connaissance, personne ne peut témoigner de sa présence. C'est une affaire difficile pour l'accusation.

— Tu crois qu'il est coupable ?

Ike fit craquer ses jointures, l'une après l'autre, réfléchit un moment et dit :

— Probablement. Je parierais que Duffy a soigneusement préparé son plan, et qu'il s'est déroulé exactement comme il l'avait prévu. Il se passe des choses étranges chez ces gens-là.

« Ces gens-là », c'étaient les résidents de Waverly Creek, un lotissement huppé construit autour d'un golf à vingt-sept trous et protégé par des grilles. C'étaient les nouveaux habitants, par opposition aux plus anciens qui vivaient en ville et se considéraient comme les vrais citoyens de Strattenburg. L'expression « ils vivent là-bas, au Creek » était courante ; elle désignait généralement des gens qui n'apportaient pas grand-chose à la communauté et s'intéressaient trop à l'argent. Cette séparation n'avait pas vraiment de sens pour Theo. Il avait des amis qui vivaient là-bas. Ses parents avaient des clients de Waverly Creek. Le lotissement n'était qu'à trois kilomètres à l'est de la ville, mais on en parlait souvent comme d'une autre planète.

Mrs Boone disait que les gens des petites villes passaient un temps excessif à se toiser mutuellement. Dès l'enfance de Theo, elle lui avait répété que c'était mal de juger les gens.

Theo et Ike en arrivèrent à parler de base-ball et, bien sûr, des Yankees. Ike était un supporter déchaîné des Yankees et adorait débiter des statistiques sur tous ses joueurs préférés. On n'était qu'en avril, mais il prévoyait déjà une nouvelle victoire en finale du championnat des États-Unis. Theo n'était pas d'accord, comme d'habitude, mais en tant que fan des Twins, il n'avait guère d'arguments.

Au bout d'une demi-heure, il partit sur la promesse de revenir la semaine suivante.

— Décroche-moi de meilleures notes en chimie, dit Ike sévèrement.

5.

Le juge Henry Gantry ajusta la manche droite de sa longue robe noire, puis franchit la porte de chêne massif donnant sur l'estrade. Un huissier cria tout à coup : « La cour ! »

Tout le monde – public, jurés, avocats, greffiers, tous les participants au procès – bondit sur ses pieds comme un seul homme. Tandis que le juge Gantry s'installait dans son fauteuil quasi royal, l'huissier débitait à toute allure la formule consacrée :

— Oyez, oyez, la cour du dixième district est désormais en session, sous la présidence de l'Honorable Henry Gantry. Que tous ceux qui ont affaire s'avancent. Que Dieu bénisse la cour.

Le juge Gantry se pencha vers son microphone.

— Asseyez-vous, dit-il d'une voix forte.

La foule obéit d'un seul mouvement, comme elle s'était levée. Des chaises grincèrent, des bancs craquèrent. Des mallettes et des sacs se fermèrent, et deux cents personnes reprirent leur souffle. Puis le silence tomba.

Le juge Gantry jeta un bref regard dans la salle. Comme prévu, elle était pleine.

— Eh bien, nous intéressons beaucoup de gens aujourd'hui, dit-il. Merci de votre présence.

Il leva les yeux vers le balcon, croisa le regard de Theo Boone, puis sourit en voyant ses camarades de classe assis en rang,

— Notre affaire est celle de l'État contre Mr Peter Duffy. L'État est-il prêt ?

Jack Hogan, le procureur, se leva et déclara :

— Oui, Votre Honneur.

— L'accusé est-il prêt ?

Clifford Nance se leva et déclara d'un ton solennel :

— Nous sommes prêts, Votre Honneur.

Le juge Gantry se tourna vers sa droite, en direction du jury, et déclara :

— À présent, mesdames et messieurs les jurés, vous avez été choisis la semaine dernière et, quand vous avez quitté le tribunal, je vous ai donné des instructions précises : ne discuter de cette affaire avec personne. Je vous ai prévenus que si quelqu'un essayait de vous faire parler de ce procès, vous deviez me le signaler. Je vous demande à présent si cela s'est produit. Avez-vous eu des contacts avec quiconque au sujet de cette affaire ?

Tous les jurés firent non de la tête.

— Bien. Nous en avons fini avec toutes les requêtes préalables, et sommes prêts à commencer. À ce stade du procès, les deux parties pourront s'adresser à vous directement et faire ce que nous appelons des déclarations préliminaires. Il ne s'agit ni de preuves ni d'éléments probatoires, mais d'un simple résumé : le point de vue de chaque partie sur ce qui s'est passé. Comme il incombe à l'État de démontrer la culpabilité de l'accusé, c'est l'État qui parle toujours le premier. Mr Hogan, êtes-vous prêt ?

— Oui, Votre Honneur.

— Vous pouvez commencer.

Theo n'avait rien pu avaler au petit déjeuner, et il avait passé une mauvaise nuit. Il avait lu de nombreuses histoires d'athlètes tellement nerveux qu'ils ne pouvaient ni manger ni dormir avant une grande compétition. La peur et le stress leur nouaient l'estomac. Ce stress, Theo le ressentait vivement. L'atmosphère était lourde et tendue dans la salle d'audience. Il n'était qu'un spectateur, mais il avait l'estomac noué. C'était le grand jeu.

Mr Hogan était un procureur de carrière qui s'occupait de toutes les affaires importantes à Strattenburg. Grand, sec et chauve, il portait un costume noir tous les jours. Les gens en plaisantaient dans son dos. En possédait-il un seul, ou plusieurs dizaines ? Nul ne le savait. Mr Hogan souriait rarement, mais il commença par un « Bonjour » chaleureux et se présenta, ainsi que les deux procureurs plus jeunes à ses côtés. Une manière efficace de briser la glace.

Puis il passa aux choses sérieuses. Il présenta la victime, Myra Duffy, en montrant au jury un grand portrait d'elle en couleurs.

— Elle n'avait que quarante-six ans quand elle a été assassinée, dit-il gravement. Elle laisse deux fils, Will et Clark, tous deux étudiants. J'aimerais qu'ils se lèvent.

Il fit un signe en direction du premier rang, juste derrière lui, et les deux jeunes gens se levèrent gauchement et regardèrent les jurés.

Theo savait par la presse que leur père, le premier mari de Myra, avait été tué dans un accident d'avion alors qu'ils étaient petits. Mr Duffy était le second mari de Myra, et il avait été marié une fois avant elle.

On disait souvent qu'il y avait beaucoup de remariages chez « ceux du Creek ».

Mr Hogan décrivait le crime. Mrs Duffy avait été retrouvée dans le salon de la grande maison moderne qu'elle partageait avec Mr Duffy. C'était une maison neuve, de moins de trois ans, sur un terrain arboré derrière le parcours de golf. À cause des arbres, la maison était à peine visible de la rue, mais la plupart des demeures de Waverly Creek étaient dans le même cas. La discrétion était importante, là-bas.

Au moment de la découverte du corps, la porte d'entrée était déverrouillée et entrebâillée. Le système d'alarme était en veille. Quelqu'un avait volé les bijoux de Mrs Duffy dans son placard, une collection de montres anciennes appartenant à Mr Duffy, et deux armes de poing dans un tiroir près de la télévision, dans le bureau. Le butin était estimé à trente mille dollars.

La cause du décès était la strangulation. Avec l'accord du juge Gantry, le procureur alluma un projecteur et fit apparaître une grande photo en couleurs sur un écran, face au jury. On voyait Mrs Duffy allongée sur la moquette, bien habillée, indemne en apparence, ses chaussures à talons hauts encore aux pieds. Mr Hogan expliqua que le jour du meurtre, un jeudi, elle avait rendez-vous à midi avec sa sœur pour déjeuner. Apparemment, elle s'apprêtait à quitter la maison quand elle avait été agressée et tuée. Son meurtrier avait ensuite fouillé les lieux, prenant les objets signalés, avant de partir. Sa sœur avait commencé à appeler Mrs Duffy sur son portable, à dix reprises au cours des deux heures suivantes, et s'était inquiétée au point de se rendre en voiture à Waverly Creek, chez les Duffy. C'est là qu'elle avait découvert Myra. Pour un lieu du crime, celui-ci semblait plutôt paisible. La victime aurait aussi bien pu perdre connaissance. Au début, la sœur de Mrs Duffy et la police crurent qu'elle était morte d'une crise cardiaque, d'une attaque ou d'une autre cause naturelle. Mais étant donné son âge, sa bonne santé et son absence de toxicomanie, les policiers devinrent rapidement soupçonneux.

Une autopsie révéla la véritable cause du décès. La personne qui avait tué Mrs Duffy l'avait saisie par-derrière en lui appuyant fermement sur la carotide. Mr Hogan posa les doigts sur sa propre artère, du côté droit de son cou.

— Dix secondes de pression ferme au bon endroit, et vous perdez connaissance, déclara-t-il, tandis que tout le monde attendait de voir s'il continuerait jusqu'à s'évanouir en plein tribunal.

Il ne s'évanouit pas, et reprit :

— Une fois Mrs Hogan inconsciente, son meurtrier a continué à appuyer, de plus en plus fort, et soixante secondes plus tard, elle était morte. Aucune trace de lutte : pas d'ongles cassés, pas d'égratignures, rien. Pourquoi ? Parce que Mrs Duffy connaissait l'homme qui l'a tuée.

Mr Hogan se retourna d'un geste théâtral et foudroya du regard Mr Duffy, assis entre Clifford Nance et un autre avocat de la défense.

— Elle le connaissait, parce qu'elle était sa femme.

Il y eut un long et lourd silence tandis que toute la salle regardait Mr Duffy. Theo ne voyait que l'arrière de son crâne. Il voulait désespérément apercevoir son visage.

Mr Hogan continua :

— Il a pu s'approcher d'elle, parce qu'elle lui faisait confiance.

Mr Hogan présenta d'autres photos. Il montra ainsi les lieux du crime : l'intérieur de la maison, la porte d'entrée, la porte arrière, le terrain de golf tout proche. Il ajouta une photo de l'entrée principale de Waverly Creek, avec ses lourdes grilles, sa guérite et ses

caméras. Selon le procureur, il était hautement improbable qu'un intrus, même habile, puisse déjouer toute
cette sécurité. Sauf si, bien sûr, cet intrus n'en était pas
vraiment un puisqu'il vivait aussi là-bas.

Aucun des voisins n'avait vu de véhicule inconnu
quitter la maison des Duffy. Aucun inconnu aperçu
dans la rue, aucun individu s'enfuyant de la maison.
Rien d'inhabituel n'avait été signalé. Au cours des six
dernières années, il n'y avait eu que deux cambriolages
à Waverly Creek. La délinquance était quasiment
inexistante dans ce lotissement tranquille.

Le jour du meurtre, Mr Duffy avait joué au golf, ce
qu'il faisait presque tous les jeudis. Il avait commencé
son parcours à 11 h 10, selon l'ordinateur du club. Il
était seul, ce qui n'était pas inhabituel, et, comme toujours, il avait pris sa propre voiturette. Il avait dit au
responsable qu'il prévoyait de jouer dix-huit trous, sur
les deux demi-parcours nord et sud, les plus appréciés.
La maison des Duffy jouxtait le sixième fairway du
Creek Course, un terrain plus petit que les dames
préféraient.

Mr Duffy était un golfeur sérieux qui notait toujours
son score sans tricher. Il lui fallait généralement trois
heures pour parcourir dix-huit trous, seul. Le temps
était couvert, frais et venteux – assez pour décourager
la plupart des gens. Mis à part un groupe de quatre personnes qui avait commencé à 10 h 20, il n'y avait
personne sur les trois parcours à 11 h 10. Un autre
groupe de quatre avait commencé à 13 h 40.

La sœur de Mrs Duffy appela les secours dès qu'elle
la découvrit. L'appel fut enregistré à 14 h 14.
L'autopsie situait l'heure du décès à 11 h 45 environ.

Avec son assistant, Mr Hogan présenta un grand
plan de Waverly Creek. Il montra les trois parcours de
golf, la boutique, l'allée des voitures, les courts de

tennis et autres lieux marquants, puis la maison des Duffy sur Creek Course. Selon la reconstitution, Mr Duffy se trouvait au quatrième ou au cinquième trou du parcours nord au moment du meurtre. Dans une voiturette identique à la sienne, il fallait huit minutes pour se rendre de cet endroit à la maison des Duffy.

Peter Duffy regardait le plan en secouant la tête, comme si Mr Hogan débitait des absurdités. Il avait quarante-neuf ans, le visage sombre sous une masse de cheveux grisonnants. Il portait des lunettes à monture d'écaille, un costume marron, et aurait facilement pu être pris pour l'un des avocats.

Jack Hogan insista bien sur le fait que Mr Duffy savait que sa femme était à la maison, qu'il avait évidemment accès à son propre domicile, qu'il se trouvait dans une voiturette à quelques minutes du lieu du crime, et qu'il jouait au golf à un moment où le terrain était quasiment désert. Ses chances d'être vu étaient minces.

— Il l'a bien préparé, répéta Mr Hogan à maintes reprises.

Ce bon avocat répétait que Mr Duffy avait tué sa femme, et cela suffisait à rendre sa théorie crédible. Répétez quelque chose assez longtemps, et les gens finiront par le croire. Mr Mount avait toujours soutenu que, de nos jours, la présomption d'innocence était une blague. La présomption était de culpabilité. D'ailleurs, dut reconnaître Theo, il était difficile de voir Mr Duffy sous les traits d'un innocent, au moins pendant ces premières minutes du procès.

Pourquoi aurait-il voulu tuer sa femme ? Mr Hogan posa la question au jury d'une telle façon qu'il connaissait évidemment la réponse.

— L'argent, mesdames et messieurs les jurés.

D'un grand geste théâtral, il saisit un papier sur sa table et annonça :

— Voici une assurance vie d'un million de dollars, souscrite par Mr Peter Duffy il y a deux ans sur la vie de feu son épouse, Myra Duffy.

Silence de mort. La culpabilité parut plus lourde encore.

Mr Hogan feuilletait le contrat d'assurance vie tout en le détaillant. Il sembla perdre de son élan. Quand il eut fini, il le lança sur la table et se lança dans une longue discussion sur les problèmes de Mr Duffy en affaires. Promoteur immobilier, il avait gagné gros, perdu gros et, à la mort de sa femme, certaines banques le serraient à la gorge. L'État prouverait que l'accusé Peter Duffy était au bord de la faillite, promit Mr Hogan au jury.

Ainsi, il lui fallait de l'argent. Celui de l'assurance vie, par exemple.

Il y avait d'autres mobiles. Le jury apprendrait que le mariage Duffy n'avait pas été heureux, déclara Mr Hogan. Il y avait eu des problèmes, beaucoup de problèmes. Ils s'étaient séparés à au moins deux reprises. Ils avaient tous deux engagé des avocats en vue d'un divorce, même s'ils ne l'avaient jamais demandé.

Pour conclure, Mr Hogan s'approcha le plus possible des jurés et les regarda d'un air grave.

— Il s'agit d'un meurtre de sang-froid, mesdames et messieurs les jurés. Parfaitement organisé et exécuté. Pas une erreur. Pas de témoins, aucune preuve. Rien qu'une adorable jeune femme cruellement étranglée.

Mr Hogan se frappa soudain le front.

— Oh ! j'oubliais. J'oubliais de vous dire qu'il y a deux ans, quand Mr Duffy a souscrit l'assurance vie, il a également commencé à jouer seul au golf. Il jouait rarement seul avant, presque jamais, et nous ferons témoigner certains de ses anciens partenaires pour le prouver. N'est-ce pas là une coïncidence ? Tout cela, il l'a préparé pendant deux ans. Il a discrètement programmé ses parties de golf en fonction des horaires de sa femme, en se contentant d'attendre. D'attendre une journée froide et venteuse pour que le parcours soit désert. D'attendre le moment parfait pour filer chez lui, garer sa voiturette près de la piscine, se faufiler par la porte de derrière, « Chérie, je suis là », et saisir la victime alors qu'elle avait le dos tourné. Une minute plus tard, elle était morte. Il l'avait prévu depuis si longtemps qu'il savait exactement quoi faire. Il a pris ses bijoux, ses montres de prix, et raflé les armes pour que la police croie que c'était l'œuvre d'un cambrioleur. L'instant d'après, il est sorti par la porte, il est remonté dans sa voiturette et il a longé les fairways en vitesse pour retourner au trou numéro cinq du parcours nord, où il a pris un fer 4, réussi un joli coup avec désinvolture, et terminé une nouvelle partie de golf en solitaire.

Mr Hogan s'arrêta. Le silence régnait. Il récupéra son bloc-notes et retourna s'asseoir. Quatre-vingt-dix minutes s'étaient écoulées. Le juge Gantry tapa de son marteau et déclara :

— Dix minutes de suspension.

Mr Mount réunit sa classe au fond d'un couloir. Les garçons discutaient avec excitation du spectacle qu'ils venaient de voir.

— C'est bien mieux qu'à la télé, dit l'un d'eux.

— Bon, dit Mr Mount, vous n'avez entendu que l'accusation. Juste pour voir, combien d'entre vous pensent qu'il est coupable ?

Une dizaine de mains se levèrent. Theo voulait voter oui aussi, mais il savait que c'était prématuré.

— Et la présomption d'innocence ? demanda Mr Mount.

— Il l'a tuée, dit Darren, le batteur.

D'autres firent écho :

— Il est coupable, dit Brian, le nageur.

— Il peut pas s'en sortir.

— Il l'a parfaitement préparé.

— Il l'a tuée.

— D'accord, d'accord, dit Mr Mount. Nous reprendrons cette conversation à la pause déjeuner, quand vous aurez entendu l'autre partie.

L'autre partie commença par frapper un grand coup. Clifford Nance attendit le silence avant de s'approcher du jury. Il avait la soixantaine, avec des cheveux gris qui lui couvraient les oreilles, un torse et des bras épais, et la démarche guerrière de celui qui ne recule jamais devant un combat, au tribunal ou ailleurs.

— Il n'y a pas l'ombre d'une preuve ! lança-t-il d'une voix rauque et puissante qui résonna dans le tribunal.

« Pas l'ombre d'une preuve ! » insista-t-il, comme si quelqu'un avait mal compris la première fois.

Theo frémit malgré lui.

— Rien ! Pas de témoins. Pas de preuve sur le lieu du crime. Rien que cette jolie petite histoire que Mr Hogan vient de vous raconter, et qui ne démontre rien. Ce n'est que sa version imaginaire de ce qui s'est PEUT-ÊTRE passé. Peut-être que Peter Duffy voulait tuer sa femme. Peut-être qu'il avait tout bien organisé. Peut-être qu'il a traversé en vitesse le terrain de golf. Peut-être qu'il est arrivé juste à temps pour réussir l'un des meurtres les plus nets et sans bavures de l'Histoire. Ensuite, peut-être qu'il a volé quelques objets, laissé la porte d'entrée ouverte, qu'il est revenu en vitesse au quatrième trou et qu'il a repris sa partie. Peut-être que cela s'est passé ainsi.

Mr Nance se mit à faire les cent pas devant le jury, lentement, rythmant parfaitement ses propos.

— Mr Hogan vous demande, mesdames et messieurs les jurés, de jouer le jeu du Peut-Être. Peut-être que ceci est arrivé, peut-être que cela aussi. Et il veut vous faire jouer aussi, parce qu'il n'a aucune preuve. Il n'a rien. Rien qu'un homme jouant au golf, seul, s'occupant de ses affaires, tandis que sa femme se fait tuer dans leur belle maison à un kilomètre de là.

Mr Nance s'arrêta et s'approcha encore des jurés. Il se tourna vers un vieux monsieur au premier rang ; il semblait prêt à lui tapoter le genou. Il baissa la voix et dit :

— Je ne peux pas vraiment en vouloir à Mr Hogan de jouer au jeu du Peut-Être. En fait, il n'a pas le choix, et c'est parce qu'il n'a aucune preuve. Il n'a que la force de son imagination.

Mr Nance fit un pas sur la droite et regarda dans les yeux l'un des jurés, une femme au foyer d'âge mûr.

— Notre Constitution, nos lois, nos règles de procédure sont toutes fondées sur l'idée d'équité. Et devinez quoi ? Elles ne laissent aucune place à tous ces « peut-être ». Nos lois sont claires. Le juge Gantry vous les expliquera par la suite et, quand il le fera, veuillez l'écouter avec attention. Vous ne l'entendrez pas une seule fois prononcer le mot « peut-être ». Ce que vous entendrez, c'est la célèbre et bonne vieille règle d'or américaine, celle qui dit que lorsque l'État vous accuse d'un crime, l'État doit utiliser toutes ses ressources – les enquêteurs, la police, les experts, les procureurs, les techniciens, tous des gens intelligents et expérimentés – pour prouver, au-delà de tout doute raisonnable, que c'est bel et bien vous le coupable.

Mr Nance fit un pas sur la gauche et regarda les dix jurés du second rang d'un air sincère et convaincant. Il parlait sans notes, de manière fluide, presque sans effort, comme s'il avait pratiqué cet exercice des milliers de fois, sans rien perdre de sa passion.

— Au-delà de tout doute raisonnable. Au-delà de tout doute raisonnable ! C'est une lourde tâche qui incombe à l'État, à tel point qu'il ne peut s'en acquitter.

Mr Nance marqua un temps et tout le monde reprit son souffle. Il alla à la table de la défense, prit un bloc-notes jaune, mais ne le regarda même pas. Acteur au centre de la scène, il connaissait ses répliques par cœur. Il s'éclaircit la voix et reprit à plein volume :

— Ainsi, la loi dit que Pete Duffy n'a pas à témoigner, qu'il n'a pas à appeler de témoins de la défense, et qu'il n'a rien à prouver. Pourquoi ? Eh bien, c'est très simple. Cette protection est l'une de nos garanties judiciaires les plus précieuses. Cela s'appelle la présomption d'innocence. Pete Duffy est ici en tant qu'innocent, tout comme vous et moi.

Mr Nance se remit à faire les cent pas, lentement, sans jamais quitter les jurés des yeux.

— Pourtant, Pete Duffy témoignera. Il veut témoigner. Il a hâte de témoigner. Et quand il s'assiéra ici, à la barre des témoins, il témoignera sous serment, et il vous dira la vérité. La vérité, mesdames et messieurs, est quelque peu différente de la petite histoire que Mr Hogan vient d'inventer. La vérité, mesdames et messieurs, est que Pete Duffy jouait bel et bien au golf en cette journée fatale, et qu'il était seul, ce qui était sa façon préférée de jouer. Selon l'enregistrement, il a commencé à 11 h 10, et il s'est lancé sur le premier parcours dans sa voiturette, celle qu'il a au garage, comme la plupart de ses voisins. Il se trouvait sur le parcours, seul, tandis que sa femme était chez eux, à se préparer pour aller déjeuner en ville. Un voleur, un criminel inconnu qui est toujours dans la nature et le restera sans doute au train où vont les choses, est entré dans la maison en silence, croyant à tort qu'elle était vide. L'alarme était éteinte. La porte d'entrée était déverrouillée, comme la porte de derrière. Ce n'était pas chose rare dans ce lotissement, et cela ne l'est toujours pas. Le cambrioleur est alors tombé sur Mrs Duffy, l'a agressée à mains nues parce qu'il n'avait pas d'arme et, à cet instant, il est devenu autre chose. Il est devenu un meurtrier.

Mr Nance fit une pause et prit un verre d'eau sur sa table. Il en but une longue gorgée. Tout le monde le regardait. Il n'y avait rien d'autre à regarder.

— Et il est encore là ! s'écria-t-il soudain, hurlant presque. Ou il pourrait être ici, ajouta-t-il, désignant la salle entière. Comme nous jouons au jeu du Peut-Être, peut-être qu'il est là, à observer le procès. Pourquoi pas ? Il n'a sûrement rien à craindre de Mr Hogan et de sa clique.

Theo remarqua que plusieurs jurés jetaient un regard en coin aux spectateurs.

Mr Nance changea de ton et parla de l'assurance vie, en particulier celle que Mr Duffy avait effectivement souscrite, et qui lui rapporterait un million de dollars si sa femme décédait. Mais il y avait eu un contrat identique au bénéfice de sa femme, s'il décédait. Ils avaient tout simplement fait ce que font la plupart des couples mariés. Ils avaient souscrit une double assurance. Mr Nance promit de prouver au jury que les affaires de Peter Duffy étaient loin d'être aussi mauvaises que le prétendait Mr Hogan. Il reconnut que les Duffy avaient éprouvé des difficultés dans leur mariage, et qu'ils s'étaient séparés à plusieurs reprises, mais sans jamais demander le divorce. En fait, ils étaient décidés à surmonter leurs différends.

Mr Mount était assis au balcon, derrière ses élèves. Une place qu'il avait soigneusement choisie pour voir toute sa classe, le cas échéant. Pour l'instant, ils étaient captivés par ces déclarations. Theo, bien sûr, était plus impliqué que les autres. Il était exactement à l'endroit où il voulait être.

Quand Mr Nance eut terminé, le juge Gantry suspendit la séance de bonne heure, pour le déjeuner.

6.

La classe d'éducation civique traversa la grand-rue et se dirigea vers la rivière, à l'est. Mr Mount restait un ou deux mètres en arrière, écoutant avec amusement les garçons échanger des arguments ; certains utilisaient des termes ou des expressions qu'ils venaient d'entendre dans la bouche des vrais avocats.

— Par ici, dit-il en tournant à gauche dans une petite rue adjacente. Ils entrèrent en file indienne chez Pappy, un snack célèbre pour ses sandwichs pastrami-oignons. Il était midi moins dix et ils étaient arrivés avant la foule du déjeuner. Ils passèrent rapidement commande et allèrent s'asseoir à une longue table derrière la vitrine.

— Lequel a été le meilleur avocat ? demanda Mr Mount.

Dix élèves au moins répondirent en même temps. Ils étaient partagés à égalité entre Jack Hogan et Clifford Nance. Mr Mount les lançait sur des questions comme : « Quel avocat avez-vous cru ? À qui feriez-vous confiance ? Lequel des deux a la préférence du jury ? »

Les sandwichs arrivèrent et la conversation retomba.

— Levez la main, dit Mr Mount. Vous devez tous voter. Pas de demi-mesure. Levez la main si vous pensez que Mr Duffy est coupable.

Dix mains se levèrent.

— OK. Non coupable ?

Il compta cinq mains.

— Theo, j'ai dit que tu devais voter.

— Désolé, mais je ne peux pas. Je pense qu'il est coupable, mais je ne vois pas comment l'État peut le prouver. Tout ce qu'il peut prouver, c'est le mobile, peut-être.

— Le jeu du Peut-Être ? demanda Mr Mount. J'ai trouvé ça très efficace.

— Je suis d'accord avec Theo, dit Aaron. Il a l'air coupable, bien sûr, mais le procureur ne peut même pas prouver sa présence sur le lieu du crime. C'est un problème, non ?

— Un gros problème, je dirais, répondit Mr Mount.

— Et les bijoux, les montres et les armes volés ? demanda Edward. On les a retrouvés ? Ils n'en ont rien dit.

— Je ne sais pas, mais les déclarations préliminaires sont un peu limitées.

— Elles m'ont paru bien longues, quand même.

— Nous verrons quand on fera venir les témoins, ajouta Theo.

— C'est qui, le premier témoin ? demanda Chase.

— Je n'ai pas vu la liste, dit Mr Mount, mais, en général, on commence par le lieu du crime. Ce sera dans doute l'un des policiers.

— Super.

— Mr Mount, on peut rester jusqu'à quelle heure, aujourd'hui ?

— Il faut qu'on soit de retour au collège à 15 h 15.

— Et le procès durera jusqu'à quelle heure ?

— Le juge Gantry travaille beaucoup, dit Theo. Jusqu'à 17 heures au moins.

— On pourra revenir demain, Mr Mount ?

— J'ai bien peur que non. C'est une sortie d'une journée. Vous avez d'autres cours, vous savez. Aucun d'aussi passionnant que le mien, mais cela n'engage que moi...

Le snack se remplit d'un coup. Une queue se formait même à l'extérieur. Mr Mount dit à ses élèves de finir en vitesse. Pappy, le patron, était célèbre pour crier sur les gens qui occupaient les tables encore longtemps après avoir fini de manger.

Ils flânèrent dans la grand-rue, pleine de gens qui filaient en pause déjeuner. Des employés de bureau mangeaient en bavardant près d'une fontaine, tout en profitant du soleil. Mr Peacock, le vénérable agent de la circulation, dirigeait le trafic à l'aide de son sifflet et de ses gants jaunes fatigués ; ce jour-là, il arrivait à empêcher les accidents, ce qui n'était pas toujours le cas. À quelques mètres de là, un groupe d'hommes en costume sombre sortait d'un bâtiment. Ils allaient dans la même direction que les élèves. Mr Mount chuchota :

— Regardez, messieurs, c'est Mr Duffy et ses avocats.

Les garçons ralentirent un instant derrière le groupe. Il y avait Pete Duffy, Clifford Nance, deux autres avocats au visage solennel et un cinquième homme que Theo n'avait pas vu au tribunal ce matin, mais qu'il connaissait bien. Il s'appelait Omar Cheepe et n'était pas avocat, même s'il était bien connu dans le milieu juridique. Mr Cheepe était un ancien agent fédéral qui dirigeait à présent sa propre entreprise. Il était spécialisé en enquêtes, surveillance et autres activités dont des avocats avaient besoin de temps à autre. Il avait été impliqué dans un vilain litige de divorce avec la mère de Theo, et Theo avait entendu parler d'Omar Cheepe comme d'un « porte-flingue » et d'« un homme qui prend plaisir à violer la loi ». Theo, bien sûr, n'était pas censé écouter ces commentaires, cependant il captait bien des choses au cabinet de ses parents. Il n'avait jamais rencontré Mr Cheepe, mais il l'avait vu au tribunal. Selon la rumeur, si Omar Cheepe travaillait sur une affaire, alors quelqu'un devait être coupable.

Omar regarda Theo dans les yeux. Trapu, puissant, il avait une grosse tête ronde au crâne rasé. L'homme voulait avoir l'air menaçant, et il y arrivait.

Il se détourna et rejoignit Duffy.

Theo descendit la grand-rue, parmi les garçons égaillés ; il pressa le pas pour suivre l'accusé et son équipe. De sa carrure massive, Omar Cheepe protégeait les arrières de Pete Duffy, comme si quelqu'un risquait de lui tirer dessus. Clifford Nance raconta une blague, et tout le monde s'esclaffa.

Peter Duffy était celui qui riait le plus fort. Coupable. Theo s'en voulait de penser ça, alors qu'aucun témoin n'était encore venu à la barre. En plus, il aimait se dire qu'il croyait en la présomption d'innocence.

Coupable, se répéta Theo. Pourquoi donc n'arrivait-il pas à respecter la loi, à accorder la présomption d'innocence à Mr Duffy ? Pourquoi, alors que les bons avocats étaient censés le faire ? Cela l'agaçait. Il continua à suivre Mr Duffy et ses défenseurs.

Il manquait un élément à l'affaire et, après ce qui avait été dit au tribunal, Theo craignait que le mystère ne fût jamais résolu.

Ils s'assirent au premier rang du balcon, et entamèrent leur digestion. Le juge Gantry avait suspendu l'audience jusqu'à une heure de l'après-midi. Il restait encore quinze minutes. Mr Gossett, le vieil huissier, s'avança vers les élèves d'un pas lourd.

— Theo.

— Oui, monsieur ?

— C'est ta classe ?

Qu'est-ce que ça pourrait être d'autre ? Un professeur et seize élèves ?

— Oui, monsieur.

— Le juge Gantry veut vous voir, dans le cabinet du juge. Et dépêchez-vous. C'est quelqu'un d'occupé.

— Moi ? demanda Theo, qui ne savait quoi dire.

— Toute la classe, dit Mr Gossett. Et dépêchez-vous.

Ils suivirent l'huissier et descendirent en hâte au rez-de-chaussée.

Le « cabinet du juge », cela voulait dire son bureau derrière l'endroit où il siégeait, juste à côté de la salle. Ce n'était pas son bureau officiel au fond du couloir. Theo essayait d'expliquer cette distinction compliquée à ses camarades lorsque Mr Gossett ouvrit la porte donnant sur une longue pièce lambrissée, aux murs couverts de vieux portraits de juges barbus. Le juge Gantry, qui avait ôté sa robe noire, se leva et alla à leur rencontre.

— Bonjour, Theo, dit-il au jeune homme, ce qui l'embarrassa légèrement.

Les autres élèves étaient trop intimidés pour dire un mot.

— Et vous devez être Mr Mount, disait le juge en serrant la main du professeur de Theo.

— Oui, monsieur le juge, et voici ma classe d'éducation civique.

Il n'y avait pas assez de sièges pour tout le monde. Le juge Gantry se tourna vers les élèves.

— Merci d'être venus. Il est important que des élèves voient notre système judiciaire en action. Qu'est-ce que vous en pensez, pour l'instant ?

Les seize garçons restèrent muets. Que devaient-ils dire ?

Mr Mount vint à leur secours :

— Ils sont fascinés par le procès. Nous venons d'en parler à déjeuner, nous avons évalué les avocats, parlé des jurés, et échangé bien des opinions sur la culpabilité et l'innocence.

— Je ne vous poserai pas de questions là-dessus. Mais nous avons deux bons avocats, n'est-ce pas ?

Les élèves opinèrent tous.

— Est-il vrai que Theo Boone donne des conseils juridiques ?

Quelques rires nerveux. Theo, à la fois fier et gêné, répondit :

— Oui, mais je ne prends pas d'honoraires.

Il y eut encore quelques rires.

— Des questions sur le procès ? demanda le juge Gantry.

— Oui, monsieur, intervint Brandon. À la télévision, on voit toujours un témoin surprise sorti de nulle part qui change le cours du procès. Il y a une chance qu'on en ait un, ici ? Sinon, il semble que l'État soit en mauvaise posture.

— Bonne question, fiston. La réponse est non. Nos règles de procédure interdisent les témoins surprises. La télévision se trompe complètement. Dans la vraie vie, avant le début du procès, chaque partie doit fournir une liste de témoins potentiels.

— Qui est le premier témoin ? demanda Jarvis.

— La sœur de la victime, la dame qui a découvert le corps. Elle sera suivie par les enquêteurs du service des homicides. Combien de temps pouvez-vous rester aujourd'hui ?

— Il faut que nous soyons de retour au collège à 15 h 30, dit Mr Mount.

— Entendu. Je suspendrai la séance à 15 heures, pour que vous puissiez sortir tranquillement. Comment sont les sièges, au balcon ?

— Parfaits, merci.

— Je vous ai fait descendre dans la salle. Elle s'est un peu dégagée. Une fois encore, merci de votre vif intérêt pour notre système judiciaire. C'est très important pour un bon gouvernement.

Là-dessus, le juge Gantry en avait fini. Les élèves le remercièrent et Mr Mount lui serra de nouveau la main.

Mr Gossett les fit sortir de la pièce, les ramenant dans la salle d'audience, au deuxième rang derrière la table du procureur. Devant eux se trouvaient les deux jeunes gens présentés comme les fils de Mr Duffy. Les avocats étaient à un mètre d'eux. De l'autre côté de l'allée, Omar Cheepe avait repris son siège derrière Pete Duffy. Il parcourait la salle de son regard noir aiguisé, comme pour fusiller quelqu'un. Une fois encore, il regarda Theo en face.

Ils étaient passés des strapontins aux meilleurs sièges, et ils n'en revenaient pas. Chase, le scientifique fou, était coude à coude avec Theo. Il chuchota :

— T'as fait marcher le piston, Theo ?

— Non, mais le juge Gantry et moi, on s'entend bien.

— Bien joué.

À 13 heures précises, l'huissier de la cour se leva et mugit :

— L'audience reprend. Veuillez rester assis.

Le juge Gantry apparut, vêtu de sa robe, et alla s'asseoir. Il regarda Jack Hogan et annonça :

— L'État peut appeler son premier témoin.

Un autre huissier ouvrit une porte latérale et escorta une dame bien habillée jusqu'à la barre des témoins. Elle posa la main sur la bible et jura de dire la vérité. Elle s'assit, on régla son micro, et Mr Hogan commença son interrogatoire.

Elle s'appelait Emily Green et était la sœur de Myra Duffy. Elle avait quarante-quatre ans, vivait à Strattenburg, travaillait comme coach sportif et, le jour du meurtre, avait fait exactement ce que Mr Hogan avait décrit dans sa déclaration préliminaire. Comme sa sœur n'était pas venue la retrouver à déjeuner, et qu'elle n'avait pas appelé, elle s'était inquiétée, puis elle avait paniqué. Elle avait appelé à plusieurs reprises sur son téléphone portable, avant de foncer à Waverly Creek, chez les Duffy ; là, elle avait découvert sa sœur morte sur le tapis du salon.

Il était évident, au moins pour Theo, que Mr Hogan et Emily Green avaient soigneusement répété son témoignage. Il était conçu pour établir le décès et susciter la sympathie. Quand ils eurent terminé, Clifford Nance se leva et annonça qu'il n'avait pas de questions pour le contre-interrogatoire. Emily Green fut excusée et alla s'asseoir au premier rang, à côté de ses deux neveux, juste devant les élèves de Mr Mount.

Le témoin suivant était l'enquêteur Krone, des Homicides. À l'aide du vidéoprojecteur, il présenta, avec Jack Hogan, la maison Duffy et le lieu du crime. Plusieurs faits importants furent établis, même si le jury les connaissait déjà. La porte d'entrée avait été trouvée ouverte. La porte de derrière et celle du patio n'étaient pas fermées à clé. Le système d'alarme était éteint.

De nouveaux faits apparurent. Des relevés d'empreintes digitales, dans toute la maison, avaient fait apparaître des traces de Mr Duffy, de son épouse et de la femme de ménage, mais c'était prévisible. Rien d'autre n'avait été trouvé sur les poignées de portes, les vitres, les téléphones, les tiroirs, le présentoir à bijoux ou la boîte en acajou ancien où Mr Duffy rangeait ses montres de prix. Cela pouvait signifier deux choses :

soit le voleur meurtrier portait des gants ou avait soigneusement essuyé ses empreintes, soit le voleur meurtrier était Mr Duffy ou la femme de ménage. Mais celle-ci n'était pas au travail le jour du meurtre – elle se trouvait à l'extérieur de la ville avec son mari.

Celui qui avait pris les bijoux, les armes et les montres avait aussi ouvert violemment plusieurs autres placards et tiroirs dont il avait renversé le contenu sur le sol. L'enquêteur Krone, de sa voix monocorde, décrivit méthodiquement, une photo après l'autre, le désordre laissé par le voleur meurtrier.

Pour la première fois, la tension baissa. Mr Mount remarqua quelques élèves qui commençaient à s'agiter. Deux jurés semblaient assoupis.

À 15 heures précises, le juge Gantry donna un coup de marteau et annonça une suspension de quinze minutes. La salle se vida rapidement. Tout le monde avait besoin d'une pause. Theo et ses camarades de classe quittèrent le tribunal, montèrent dans un petit autobus jaune et, dix minutes plus tard, ils étaient de retour au collège, à temps pour la sonnerie.

Une demi-heure après, Theo était revenu au tribunal. Il fila au deuxième étage. Aucun signe de la guerre des Finnemore : pas d'avocats dans le couloir, aucune trace d'April. Elle n'avait ni appelé, ni répondu à ses e-mails d'hier soir, ni posté de message sur sa page Facebook. Ses parents ne lui permettaient pas d'avoir un téléphone portable, donc elle ne pouvait pas envoyer de SMS. Ce n'était pas rare. La moitié des élèves de leur âge n'avaient pas de mobile.

Theo descendit en vitesse au premier étage, pénétra dans la salle sous le regard soupçonneux de l'huissier Gossett, et trouva un siège au troisième rang, derrière la défense. L'accusé, Mr Duffy, était assis à cinq mètres de lui. Theo pouvait entendre ses avocats qui chuchotaient d'un air sérieux. Omar Cheepe était encore là. Il remarqua Theo. Observateur expérimenté, Omar Cheepe percevait le moindre mouvement, mais sans paraître s'en soucier.

Le témoin était un médecin légiste qui avait pratiqué l'autopsie de la victime. Il présenta un grand schéma en couleurs de la tête à la poitrine, avec agrandissement au niveau du cou. Theo s'intéressa plus à Clifford Nance qu'au témoin. Il observa l'avocat, qui écoutait le témoignage d'un air concentré en prenant des notes, sans quitter le jury des yeux. Rien ne semblait lui échapper dans la salle. Il était détendu et confiant, mais prêt à bondir si nécessaire.

Son contre-interrogatoire du médecin légiste fut rapide et ne révéla rien de nouveau. Pour l'instant, Mr Nance semblait se satisfaire de la plupart des témoins de l'accusation. Il déclencherait les hostilités plus tard.

Le juge Gantry leva la séance juste après 17 heures. Avant de libérer les jurés, il leur répéta de ne discuter de l'affaire avec personne. Ils sortirent et la salle se vida. Theo traîna encore un peu, regardant les avocats rassembler leurs dossiers et les ranger dans leurs grosses mallettes, en échangeant des propos à mi-voix. Quelqu'un haussa le ton dans l'allée. Jack Hogan dit quelque chose à Clifford Nance et tous deux se mirent à rire. Les autres avocats moins chevronnés se joignirent à eux, puis l'un d'eux proposa :

— On va prendre un verre ?

Adversaires à un moment, vieux copains l'instant d'après. Theo avait déjà vu cela. Sa mère avait essayé de lui expliquer que les avocats étaient payés pour faire un travail et que, pour s'en acquitter correctement, ils devaient laisser leurs sentiments au vestiaire. Les vrais professionnels, disait-elle, ne perdent jamais leur sang-froid et ignorent la rancœur.

Pour Ike, c'était des bêtises. Il méprisait la plupart des avocats de la ville.

Omar Cheepe ne riait pas. Il ne fut pas invité à prendre un verre avec l'ennemi. Il sortit en vitesse avec Pete Duffy, par une porte latérale.

7.

Mardi soir, c'était dîner à la soupe populaire. Ce n'était pas le pire repas de la semaine (celui du dimanche soir, quand sa mère essayait de faire du poulet rôti). Mais cela n'avait rien de fantastique non plus.

La soupe populaire, tel était bien son nom. On y servait rarement de la soupe. C'était une grande salle à manger au sous-sol d'une ancienne église, où les sans-abri se rassemblaient pour manger puis dormir. La nourriture était préparée par des bénévoles qui proposaient généralement des sandwichs, des frites, des fruits et des biscuits.

— Repas tiré du sac, disait la mère de Theo. Pas très sain.

Theo avait entendu dire que Strattenburg comptait environ trois cents sans-abri. Il les voyait dans la grand-rue, où ils mendiaient et dormaient sur les bancs. Il les voyait fouiller les bennes à ordures, en quête de nourriture. La ville s'inquiétait de leur nombre et du manque de lits dans les foyers. Le conseil municipal semblait se disputer à leur sujet chaque semaine.

Mrs Boone s'en inquiétait, elle aussi. Le sort des mères sans abri l'avait incitée à lancer un programme d'aide aux victimes de violences domestiques. Des femmes battues et menacées. Des femmes qui n'avaient nul endroit où aller, personne vers qui se tourner. Des femmes avec des enfants, qui avaient besoin d'aide et ne savaient où la trouver. Mrs Boone, avec plusieurs autres avocates de la ville, avait ouvert un petit cabinet juridique pour aider ces personnes.

Et ainsi, tous les mardis soir, la famille Boone quittait son cabinet, traversait quelques rues et arrivait au foyer d'Highland Street, en centre-ville, où les Boone passaient trois heures avec moins fortunés qu'eux. Ils servaient à tour de rôle le dîner à la centaine de gens réunis là, puis mangeaient un morceau sur le pouce.

Theo n'était pas censé le savoir, mais il avait entendu ses parents discuter de leur donation mensuelle au foyer d'accueil, pour la monter de 200 à 300 dollars. Ses parents étaient loin d'être riches. Les amis de Theo croyaient le contraire, parce qu'ils étaient tous deux avocats, mais, en vérité, leur métier ne leur rapportait pas tant d'argent. Ils vivaient modestement, économisaient en vue des études de leur fils, et se montraient volontiers généreux envers les personnes moins aisées.

Après le dîner, Mr Boone établit un bureau de fortune tout au fond de la salle, et quelques sans-abri vinrent le voir. Il les aidait pour des problèmes allant de l'expulsion de leur appartement au refus de coupons alimentaires ou de soins médicaux. Mr Boone disait souvent que c'étaient ses clients préférés. Ils n'avaient pas les moyens de le payer, et donc il n'avait pas la pression de récupérer ses honoraires. Ils lui étaient reconnaissants de son aide. Enfin, il avait vraiment plaisir à leur parler.

En raison de la nature plus sensible de son travail, la mère de Theo voyait ses clientes dans une petite pièce du rez-de-chaussée. La première femme de la soirée avait deux petits enfants, pas de travail, pas d'argent, et, en dehors du foyer, aucun endroit où dormir ce soir-là.

Theo devait aider pour les devoirs. Le foyer accueillait plusieurs familles qui pouvaient y rester jusqu'à douze mois – c'était la limite à Highland Street. Au bout d'un an, elles devaient partir. La plupart trouvaient du travail et un toit, mais cela prenait du temps. Tant qu'elles habitaient au foyer, elles étaient traitées comme les autres résidents de Strattenburg. Elles étaient nourries, habillées et soignées. Il s'agissait de gens qui travaillaient ou cherchaient du travail. Ils étaient également invités aux services religieux.

Leurs enfants allaient aussi aux écoles locales. Le soir, au foyer, des bénévoles d'une église organisaient des aides aux devoirs. Tous les mardis, Theo devait enseigner l'anglais à deux enfants de huit ans, les jumeaux Hector et Rita, et aider leur frère pour les mathématiques. Ils venaient du Salvador, et leur père avait disparu dans des circonstances mystérieuses, les laissant sans abri. Ils avaient été découverts par la police alors qu'ils vivaient sous un pont en compagnie de leur mère.

Comme toujours, Hector et Rita étaient ravis de voir Theo et s'accrochèrent à lui tandis qu'il engloutissait son sandwich. Puis ils filèrent vers une grande salle ouverte, où d'autres enfants profitaient du tutorat.

— Pas d'espagnol, répéta Theo. Que de l'anglais.

Leur anglais était incroyable. Ils l'assimilaient tous les jours à l'école et l'enseignaient à leur mère. Ils trouvèrent une table dans un coin et Theo commença à lire un livre d'images, une histoire de grenouille perdue en mer.

Mrs Boone avait insisté pour que Theo commence l'espagnol avant même d'entrer au collège, dès qu'on le lui avait proposé. Quand les cours devinrent trop faciles, elle engagea un professeur particulier qui passait deux fois par semaine au cabinet pour donner un enseignement exigeant à son fils. Avec une telle pression, et la motivation quotidienne que lui donnait Mrs Monique, Theo faisait des progrès rapides.

Il lut une page, puis Rita la relut. Puis Hector. Theo corrigea leurs fautes et continua. La pièce était bruyante, presque assourdissante, avec la vingtaine d'élèves de tous âges qui bûchaient leurs devoirs.

Hector et Rita avaient un frère aîné, Julio ; il avait douze ans et Theo le voyait de temps en temps dans la cour de récréation du collège. Il était d'une timidité extrême, au point que cela le gênait. Mrs Boone supposait que le pauvre gosse avait sans doute été traumatisé par la disparition de son père en pays étranger, sans personne vers qui se tourner.

Elle avait toujours une théorie lorsque quelqu'un se comportait de manière étrange.

Quand Theo eut fini le second livre avec Hector et Rita, Julio vint les trouver et s'assit à la table.

— Qu'est-ce qui se passe ? demanda Theo.

Julio sourit et détourna les yeux.

— On lit un autre livre ! dit Hector.

— Dans une minute.

— J'ai des problèmes avec les maths, dit Julio. Tu peux m'aider ?

— Il est avec nous, dit Rita à son frère, l'air prête à se battre pour garder Theo.

Theo prit deux livres sur une étagère et les posa devant Hector et Rita. Il leur donna ensuite deux feuilles et des crayons.

— Lisez les livres, dit-il, en regardant bien tous les mots. Quand vous en voyez un que vous ne comprenez pas, écrivez-le. D'accord ?

Ils bondirent sur les livres comme si c'était un concours.

Theo et Julio furent bientôt plongés dans le royaume des mathématiques.

À 10 heures du soir, les Boone étaient chez eux, devant la télévision. Juge était endormi sur le canapé, sa tête sur les genoux de Theo. Le meurtre Duffy était la seule nouvelle à Strattenburg, et les deux chaînes de télévision locale ne parlaient que de cela, ce soir-là. Elles montrèrent une vidéo de Pete Duffy arrivant au tribunal, entouré d'avocats, d'assistants et d'autres hommes, vêtus de costumes aussi sombres que leur mine. Sur une autre vidéo, filmée par hélicoptère, on voyait la maison Duffy près du sixième fairway de Waverly Creek. Devant le tribunal, un journaliste résumait à toute allure les témoignages obtenus pour l'instant. Le juge Gantry avait interdit tout commentaire ; ainsi, aucun avocat, policier ou autre témoin ne pouvait exprimer ses idées et opinions sur l'affaire.

Le juge Gantry avait également interdit les caméras dans l'enceinte du tribunal. Les équipes de télé devaient attendre dehors.

Theo n'avait parlé de rien d'autre, et ses parents pensaient comme lui que Pete Duffy était coupable. En revanche, il serait difficile de le prouver.

Theo commença à tousser pendant une publicité. Voyant que ses parents ne réagissaient pas, il toussa de plus belle et dit :

— J'ai mal à la gorge.

— Tu n'as pas l'air dans ton assiette, dit son père. Tu as dû attraper quelque chose.

— Je ne me sens pas bien.

— Tu as les yeux rouges ? demanda son père.

— Je crois.

— Mal à la tête ?

— Oui, mais pas trop.

— Le nez qui coule ?

— Oui.

— Quand est-ce que c'est arrivé ? demanda sa mère.

— Tu es très malade, conclut son père. À mon avis, tu devrais rater l'école demain pour ne pas répandre cette horrible maladie. En revanche, ce serait une bonne idée d'aller au tribunal à la place, pour assister au procès Duffy. Qu'est-ce que maman en pense ?

— Oh ! je vois, dit-elle. Un départ de grippe soudain.

— Probablement un de ces vilains épisodes qui durent vingt-quatre heures, et prennent fin miraculeusement quand la journée d'école est terminée, ajouta son père.

— Vraiment, je ne me sens pas bien, dit Theo, démasqué, mais essayant vaillamment de sauver la face.

— Prends une aspirine, ou une pastille pour la toux, dit son père.

Woods Boone consultait rarement un médecin et estimait que la plupart des gens dépensaient bien trop d'argent en médicaments.

— Tu peux nous refaire ta toux, Teddy ? demanda Mrs Boone.

En tant que mère, elle se montrait un peu plus compatissante quand Theo était malade. En vérité, Theo avait déjà simulé, en particulier quand il avait quelque chose de mieux à faire que d'aller à l'école.

Son père se mit à rire :

— Oui, c'est assez minable comme toux, Theo, même pour toi.

— Hé ! peut-être que je suis mourant, répondit son fils en s'efforçant de ne pas rire.

— Oui, mais non, dit son père. Et si tu te montres au tribunal demain, le juge Gantry te fera arrêter pour vagabondage.

— Tu connais un bon avocat ? répliqua Theo.

Sa mère éclata de rire et Woods Boone se dérida.

— Va te coucher, dit-il.

Theo gravit mollement l'escalier, écrasé par sa défaite, Juge sur ses talons. Au lit, il ouvrit son ordinateur portable et vérifia si April était là. Il fut soulagé de la voir répondre.

APRILAPARIS : *Salut Theo. Ça va ?*

MAITRETBOONE : *Ça va. Où tu es ?*

APRILAPARIS : *Chez moi, dans ma chambre, ma porte fermée.*

MAITRETBOONE : *Où est ta mère ?*

APRILAPARIS : *En bas. On ne se parle pas.*

MAITRETBOONE : *Tu as pu aller au collège ?*

APRILAPARIS : *Non, le procès a duré jusqu'à midi. Je suis si contente que ça soit fini.*

MAITRETBOONE : *Comment ça s'est passé, à la barre ?*

APRILAPARIS : *Horrible. J'ai pleuré, Theo. Je ne m'arrêtais plus. J'ai dit au juge que je ne voulais vivre ni avec mon père ni avec ma mère. L'avocat de ma mère m'a posé des questions. Celui de mon père aussi. C'était affreux.*

MAITRETBOONE : *Je suis désolé.*

APRILAPARIS : *Je ne comprends pas pourquoi tu veux être avocat.*

MAITRETBOONE : *Pour aider les gens comme toi, voilà pourquoi. C'est ce que font les bons avocats. Tu as aimé le juge ?*

APRILAPARIS : *Je n'ai aimé personne.*

MAITRETBOONE : *Ma mère dit qu'il est bon. Il a pris une décision sur ta garde ?*

APRILAPARIS : *Non. Dans quelques jours, il a dit. Pour l'instant, je vis chez ma mère et son avocat pense que j'y resterai.*

MAITRETBOONE : *Probablement. Tu vas au collège demain ?*

APRILAPRIS : *Oui, et ça fait une semaine que je n'ai pas touché à mes devoirs.*

MAITRETBOONE : *À demain.*

APRILAPARIS : *Merci, Theo.*

Une heure plus tard, il ne dormait toujours pas. Il repensait sans cesse à April et au procès pour meurtre.

8.

Julio l'attendait. Theo s'arrêta en douceur devant le parking à vélos près du drapeau, et dit :

— *Hola*, Julio. *Buenas dias.*

— *Hola*, Theo.

Theo mit son antivol. Cela l'agaçait encore. Jusqu'à l'année précédente, les vélos ne risquaient rien à Strattenburg. Personne ne s'embêtait à leur mettre un antivol. Puis les bicyclettes avaient commencé à disparaître – et c'était encore le cas, d'ailleurs – et les parents avaient insisté pour que certaines précautions soient prises.

— Merci pour ton aide hier soir, dit Julio.

Son anglais était bon, mais il conservait un fort accent. Venir voir Theo au collège et lui parler, cela représentait une grande avancée. C'est ce que pensait Theo, en tout cas.

— Pas de problème. Quand tu veux.

Julio jeta un œil autour de lui. Une foule d'élèves descendus du bus entrait dans le bâtiment.

— Tu connais la loi, vrai, Theo ?

— Mon père et ma mère sont avocats.

— La police, les juges, tout ça ?

Theo haussa les épaules. Il n'avait jamais nié qu'il possédait une certaine connaissance du droit.

— J'en comprends pas mal, dit-il. Qu'est-ce qui se passe ?

— Le gros procès, c'est Mr Duffy ?

— Oui, il est en procès pour meurtre. Et c'est bien un gros procès.

— On peut en parler ?

— Bien sûr, dit Theo. Je peux te demander pourquoi ?

— Je sais peut-être quelque chose.

Theo le regarda dans les yeux. Julio détourna la tête, comme s'il avait fait quelque chose de mal. Le principal adjoint cria à quelques élèves d'arrêter de traîner et d'entrer en vitesse. Theo et Julio se dirigèrent vers la porte.

— J'irai te voir à midi, dit Theo.

— Bien. Merci.

— Pas de problème.

Comme si Theo ne pensait pas assez au procès Duffy, voilà qu'il en arrivait davantage. Bien davantage. Qu'est-ce qu'un adolescent salvadorien sans abri pouvait savoir du meurtre de Myra Duffy ?

Rien, se dit Theo. Il se dirigea vers la classe. Il dit bonjour à Mr Mount et alla s'asseoir. Theo n'était pas content. Le procès, le plus grand procès de l'histoire de Strattenburg, recommencerait dans une demi-heure, et il n'y assisterait pas. Il n'y a pas de justice, pensa-t-il.

Pendant la récréation du matin, Theo fila à la bibliothèque et se cacha dans un coin. Il sortit son ordinateur portable et se mit au travail.

La greffière qui s'occupait du procès Duffy s'appelait Mrs Finney. C'était la meilleure de la ville, d'après ce que Theo avait entendu au tribunal. À chaque procès, elle était assise au pied du fauteuil du juge, près de la barre des témoins. C'était le meilleur siège de la salle, et c'était mérité. Son travail consistait à noter tous les propos du juge, des avocats, des témoins et, enfin, du jury. Avec sa machine à sténographier, Mrs Finney pouvait facilement taper deux cent cinquante mots à la minute.

Jadis, d'après Mrs Boone, les greffiers écrivaient en sténographie, avec des symboles, codes et abréviations, et tout ce qu'il leur fallait pour suivre les échanges. Après le procès, le greffier mettait ses notes au propre sous la forme d'un tapuscrit. Cela prenait des jours, voire des semaines et parfois des mois de dur labeur.

Désormais, grâce à la technologie, la prise de notes était bien plus facile. Mieux encore, on obtenait un enregistrement instantané du procès. Il y avait au moins quatre ordinateurs dans la salle – un pour le juge, un pour la défense, un pour le procureur, et un pour le chef greffier. À mesure que Mrs Finney tapait les mots, le texte était transcrit, formaté et envoyé dans le système, pour que les quatre ordinateurs suivent la procédure en temps réel.

Souvent, dans un procès, des litiges apparaissent sur ce qu'un témoin a dit ou n'a pas dit. Des années plus tôt, le juge était forcé de suspendre la séance tandis que le malheureux greffier fouillait dans ses notes à la recherche du passage concerné. À présent, l'enregistrement était simultané et bien plus fiable.

Mrs Finney partageait un bureau au deuxième étage avec plusieurs collègues. Leur logiciel s'appelait Veritas. Theo y était déjà entré, un jour où il était curieux de ce qui s'était passé au tribunal.

Ce n'était pas un système sécurisé, parce que l'information était disponible lors des audiences publiques. N'importe qui pouvait entrer dans la salle et assister au procès. N'importe qui... à condition de ne pas subir les rigueurs du collège. Theo, qui ne pouvait suivre le procès en personne, avait bien l'intention de savoir ce qui se tramait.

Il n'avait pas manqué grand-chose. Le premier témoin du deuxième jour fut un chef de la sécurité qui se trouvait à l'entrée principale de Waverly Creek. Il n'y avait que deux entrées : la « principale » et « celle du sud ». Les deux guérites étaient occupées par au moins un gardien armé et en uniforme, vingt-quatre heures sur vingt-quatre. Toutes deux disposaient de plusieurs caméras de surveillance. Grâce aux enregistrements vidéo, le responsable de la sécurité témoigna que Mr Duffy, ou au moins son véhicule, avait franchi l'entrée principale à 6 h 48 du matin le jour du meurtre, et qu'il était revenu à 10 h 22 ce même matin.

Ces enregistrements prouvaient que la voiture de Mr Duffy était à la maison lorsque sa femme avait été tuée. Ce qui ne signifiait rien, puisque cela avait déjà été établi. Mr Duffy était parti au travail, rentré chez lui, il avait garé sa voiture, était monté dans sa voiturette et s'était rendu au golf, laissant sa femme à la maison, encore en vie.

« Super », pensa Theo. Il regarda sa montre. Il ne lui restait que cinq minutes de récréation.

L'accusation procéda à une description fastidieuse de chaque véhicule entré à Waverly Creek ce matin-là. Il y avait une camionnette de plombier pour une maison. Des poseurs de parquet pour une autre. Et ainsi de suite. Il semblait, du moins à Theo, que l'accusation essayait d'énumérer tous les non-résidents qui avaient passé les grilles.

Mais pour prouver quoi ? Peut-être qu'aucune voiture ou personne non autorisée ne se trouvait à Waverly Creek au moment du meurtre. Theo pensait que c'était tiré par les cheveux.

Il comprit qu'il ratait la partie ennuyeuse du procès. Il éteignit son ordinateur et fila en cours.

Julio n'était pas à la cafétéria. Theo mangea en vitesse, puis partit à sa recherche. La curiosité le démangeait ; plus les cours avançaient, puis il voulait savoir ce que Julio savait « peut-être ». Il demanda à quelques camarades. Personne ne savait où il était.

Theo s'installa à la bibliothèque, dans le même coin tranquille, et pénétra rapidement dans le logiciel Veritas. La séance était suspendue pour l'heure du déjeuner, ce dont Theo se doutait. Autrement, il aurait trouvé une excuse pour filer en ville à midi et passer au tribunal.

Comme Theo s'y attendait, l'accusation avait tenté de prouver qu'il n'y avait aucun véhicule non autorisé à Waverly Creek au moment du meurtre. Donc, en suivant la théorie de Jack Hogan, le tueur n'était pas entré sans permission. Tout étranger à la résidence aurait été repéré par le système de sécurité sophistiqué. Le meurtrier, donc, devait être quelqu'un qui pouvait facilement aller et venir sans attirer l'attention des gardiens. Quelqu'un qui vivait sur place. Quelqu'un comme Pete Duffy.

Cette théorie de l'accusation fut pilonnée par l'avocat de la défense, qui n'avait rien dit au début de la séance. Lors d'un contre-interrogatoire vif et parfois âpre, Mr Nance avait forcé le chef de la sécurité à reconnaître qu'il y avait : 1) 154 résidences et 80 appartements familiaux à Waverly Creek, 2) au moins 477 véhicules de résidents, 3) une route de service goudronnée qui n'était surveillée ni par les gardiens ni par les caméras, 4) au moins deux chemins gravillonnés donnant accès au lotissement et ne figurant pas sur la carte.

Mr Nance fit bien comprendre que Waverly Creek couvrait quelque cinq kilomètres carrés, avec de nombreux ruisseaux, étangs, bois, bosquets, rues, ruelles, maisons, immeubles, trois parcours de golf, et qu'il était « impossible » de tout sécuriser.

Le chef de la sécurité le reconnut de mauvaise grâce.

Par la suite, il admit qu'il était impossible de savoir qui était présent à l'intérieur de l'enceinte au moment du meurtre, et qui ne l'était pas.

Theo trouva que ce contre-interrogatoire était brillant, et très efficace. Il en fut d'autant plus triste de l'avoir raté.

— Qu'est-ce que tu fais ?

La voix fit sursauter Theo. Il revint brutalement dans le monde du collège. C'était April. Elle connaissait ses cachettes.

— Je regardais le procès.

— J'espère que je n'en verrai plus jamais.

Theo ferma son ordinateur et ils allèrent s'asseoir à une petite table près du présentoir à journaux. Elle voulait parler. En chuchotant presque, elle revécut le cauchemar de son témoignage au tribunal, sous le regard fixe d'une bande d'adultes désapprobateurs.

La fin des cours sonna à 15 h 30 et, vingt minutes plus tard, Theo se trouvait au tribunal. Il n'y avait pas autant de monde que la veille. Par chance, il trouva une place à côté de Jenny, son grand amour des affaires familiales. Mais elle lui tapota le genou, comme pour un gentil petit chiot. Cela agaçait toujours Theo.

Le jury était parti. Le juge Gantry aussi. L'audience était suspendue, visiblement.

— Qu'est-ce qui se passe ? demanda Theo.

— Les avocats négocient dans le cabinet du juge, chuchota-t-elle, l'air contrarié.

— Vous croyez toujours qu'il est coupable ? murmura-t-il encore plus bas.

— Oui. Et toi ?

— Je ne sais pas.

Ils discutèrent à voix basse pendant quelques minutes, puis l'agitation reprit : le juge Gantry était de retour. Les avocats revinrent dans la salle. Un huissier alla chercher le jury.

Le témoin de l'accusation suivant était un banquier. Jack Hogan commença avec une série de questions sur les prêts consentis à Pete Duffy. On parla beaucoup de finances, de garanties et de faillites, et une grande partie passa au-dessus de la tête de Theo. En regardant les jurés, il comprit que la plupart d'entre eux avaient aussi du mal à suivre. Le témoignage devint rapidement ennuyeux. S'il devait prouver que Pete Duffy était fauché et avait besoin d'argent, le banquier faisait un témoin minable, pensa Theo.

C'était un mauvais jour pour l'accusation, d'après Theo du moins. Il observa la salle et vit que le sinistre Omar Cheepe n'était pas là. Theo se dit qu'il devait être quelque part dans les environs, les yeux et les oreilles à l'affût.

Le banquier était en train d'endormir tout le monde. Theo leva les yeux au balcon, où ne se trouvait qu'une personne : Julio. Il était tout au bout du premier rang, penché en deux, sa tête à peine visible au-dessus de la rampe, comme s'il savait qu'il n'était pas censé être là.

Theo se retourna, regarda le témoin, le jury, et se demanda pourquoi donc Julio voulait assister au procès.

Il savait quelque chose.

Quelques minutes plus tard, Theo leva de nouveau la tête. Julio n'était plus seul. Omar Cheepe était assis juste derrière lui, et Julio ne savait pas qu'il l'observait.

9.

Le juge Gantry leva la séance peu après 17 heures et convoqua les avocats dans son cabinet. La réunion promettait d'être tendue. Theo sortit en vitesse et chercha Julio, mais ne vit aucune trace de lui. Quelques minutes plus tard, Theo gara son vélo derrière le cabinet de ses parents et entra. Elsa rangeait son bureau, prête à partir.

— Bonne journée à l'école, Theo ? demanda-t-elle avec son sourire chaleureux.

— Non.

— Et pourquoi ?

— Je m'ennuie au collège.

— Bien sûr. Et le collège, c'est encore plus ennuyeux quand il y a un procès en cours, pas vrai ?

— Si.

— Ta mère est avec un client. Aux dernières nouvelles, ton père était au golf.

— Il a besoin d'entraînement, dit Theo. Salut.

— Salut, mon grand. À demain.

Elsa sortit et Theo verrouilla la porte derrière elle.

Woods Boone avait une canne de golf et quelques balles sous son bureau. Il s'entraînait sur un vieux tapis d'Orient qui n'avait pas grand-chose à voir avec un vrai green. Plusieurs fois par jour, quand il « avait besoin de s'étirer le dos », il tapait quelques balles. Quand il ratait – le plus souvent –, les balles roulaient sur le tapis puis sur le plancher en émettant un son particulier, pas tout à fait aussi fort qu'une boule de bowling dévalant une piste, mais bien bruyant quand même. À l'étage du dessous, tout le cabinet savait que le golfeur errant avait encore raté son coup.

— Hé, salut Theo, dit Mr Boone.

Il était à son bureau, les manches de chemise retroussées, la pipe au bec, une montagne de paperasses devant lui. Pas question de golf.

— Salut, papa.

— Bonne journée à l'école ?

— Super.

Si Theo se plaignait, ce dont il ne pouvait parfois s'empêcher, il aurait droit à la leçon classique sur l'importance de l'instruction, et bla-bla-bla.

— Je me suis arrêté au tribunal après l'école.

— Je m'en doutais. Il s'est passé quelque chose d'intéressant ?

Ils parlèrent du procès quelques minutes. Son père semblait s'en désintéresser presque complètement, ce qui laissa Theo perplexe. Comment un avocat pouvait-il ne pas se passionner pour un événement judiciaire aussi important ?

Le téléphone sonna et Mr Boone s'excusa. Theo descendit voir les autres membres du cabinet. Vincent, l'assistant, travaillait, porte fermée. Dorothy, l'assistante de Mr Boone, était partie. Theo entendit une discussion sérieuse dans le bureau de sa mère ; il passa donc en silence. Des gens pleuraient souvent chez sa mère, des femmes submergées par leurs problèmes conjugaux, qui avaient désespérément besoin de l'aide de Mrs Boone.

Theo ne put s'empêcher de sourire en pensant à l'importance de sa mère. Il n'avait aucune envie de la suivre dans sa spécialité, mais il était tout de même très fier d'elle.

Il se rendit à son bureau, passa un petit moment à jouer avec son chien, et commença ses devoirs. Quelques minutes s'écoulèrent ; il commençait à faire sombre. Juge grogna en entendant un bruit au-dehors. On frappa à la porte, et Theo sursauta. Il se leva et alla regarder qui c'était. Julio. Theo ouvrit la porte.

— On peut parler dehors ? demanda Julio.

— Bien sûr, dit Theo en fermant la porte derrière lui. Qu'est-ce qui se passe ?

— Je ne sais pas.

— Je t'ai vu au tribunal tout à l'heure. Pourquoi tu y étais ?

Julio s'écarta un peu du bâtiment, comme s'il avait peur qu'on ne l'entende. Il jeta un regard nerveux aux alentours.

— J'ai besoin d'une personne de confiance, Theo. Quelqu'un qui connaît la loi.

— Tu peux me faire confiance, dit Theo, impatient d'entendre la suite d'une histoire à laquelle il avait pensé toute la journée.

— Mais si je te dis quelque chose, tu ne le diras à personne d'autre, d'accord ?

— D'accord, mais pourquoi tu veux m'en parler, si je ne peux le dire à personne ? Je ne comprends pas.

— J'ai besoin de conseils. Quelqu'un doit savoir.

— Savoir quoi ?

Julio fourra les mains dans les poches de son jean. Ses épaules s'affaissèrent. Il avait l'air terrifié. Theo pensa à lui, à sa mère, à son frère et à sa sœur. Ils habitaient en foyer, loin de chez eux, abandonnés par leur père. Ils vivaient sans doute dans une peur permanente.

— Tu peux me faire confiance, Julio, dit Theo.

— D'accord.

Julio commença, les yeux obstinément fixés sur ses chaussures :

— J'ai un cousin du Salvador. Il est ici, à Strattenburg. Il est plus vieux, dix-huit ou dix-neuf ans peut-être. Il est ici depuis un an à peu près. Il travaille au terrain de golf. Il coupe l'herbe, met de l'eau dans les distributeurs, ce genre de trucs. Tu joues au golf ?

— Oui.

— Alors, tu vois les types qui s'occupent du terrain.

— Oui.

Theo jouait avec son père tous les samedis matin au golf municipal de Strattenburg. Il y avait toujours quelques employés – surtout des Latinos, maintenant qu'il y pensait – qui s'occupaient des terrains.

— C'est quel parcours ? demanda Theo.

Il y en avait au moins trois dans la région.

— Celui où la dame a été tuée.

— Waverly Creek ?

— Oui.

Theo sentit sa poitrine se serrer.

— Vas-y, dit-il, luttant contre l'envie d'arrêter aussitôt cette conversation, de courir au bureau et de claquer la porte.

— Il travaillait le jour du meurtre. Il prenait son déjeuner. Il a une pause de 11 h 30 à midi. Son pays lui manque beaucoup, et la plupart du temps il s'éloigne pour manger seul. Il a une photo de famille de sa mère, son père et ses quatre petits frères, et il regarde la photo en mangeant. Ça le rend très triste, mais ça lui rappelle aussi pourquoi il est là. Il leur envoie de l'argent tous les mois. Ils sont très pauvres.

— Où est-ce qu'il mange à midi ? demanda Theo, mais il avait déjà une idée.

— Je ne connais pas grand-chose au golf, juste ce qu'il m'a dit. Le fairway à l'endroit où il y a un virage, ça te dit quelque chose ?

— Bien sûr.

— Mon cousin était assis sous l'un des arbres, il se cachait un peu parce que la pause, c'est le seul moment où il peut être seul, et il a vu ce type en voiturette de golf qui fonçait sur l'allée le long du fairway. L'homme avait un sac de clubs de golf à l'arrière, mais il ne tapait pas dans des balles. Il était pressé. Tout à coup, il a tourné à gauche, et a garé la voiturette près du patio de la maison. Là où la dame a été tuée.

Theo, suspendu à ses lèvres, souffla :

— Oh ! mon Dieu.

Julio le regarda d'un air intrigué.

— Continue, dit Theo.

— Et donc cet homme a sauté de sa voiturette, il est allé à la porte de derrière, il a ôté ses chaussures de golf en vitesse, et il est entré. La porte n'était pas verrouillée et l'homme allait vite, comme s'il savait exactement où aller. Mon cousin n'y a pas fait attention parce que les gens qui vivent là-bas jouent au golf tout le temps. Mais cela lui a tout de même paru un peu bizarre qu'il enlève ses chaussures dans le patio. Et il a aussi fait quelque chose que mon cousin a trouvé étrange.

— Quoi ?

— L'homme portait un gant blanc à la main gauche. C'est normal, non ?

— Oui. La plupart des golfeurs droitiers portent un gant à la main gauche.

— C'est ce qu'a dit mon cousin. Donc, l'homme jouait au golf quelque part et il a décidé de repasser par chez lui…

— Et il a oublié d'ôter son gant, compléta Theo.

— Peut-être, mais voilà le plus bizarre : l'homme a ôté ses chaussures et les a laissées devant la porte, il a fouillé dans sa poche, a sorti un autre gant, et il l'a enfilé en vitesse à la main droite. Deux gants blancs.

À présent, Theo avait l'impression qu'une enclume lui écrasait la poitrine.

— Pourquoi cet homme mettrait un deuxième gant avant d'ouvrir la porte de la maison ? demanda Julio.

Mais Theo ne répondit pas. Son esprit restait bloqué sur l'image de Pete Duffy assis au tribunal, entouré d'avocats, l'air assuré, comme s'il avait commis un crime parfait.

— C'était quel fairway ? demanda Theo.

— Numéro six, sur Creek Course. Je ne sais pas à quoi ça correspond.

La maison Duffy, se dit Theo.

— À quelle distance était ton cousin ?

— Je ne sais pas. Je n'y suis pas allé. Mais il était bien caché. Quand l'homme est sorti de la maison, il a regardé autour de lui, d'un air très soupçonneux, pour être sûr que personne ne l'avait vu. Il n'a jamais su que mon cousin l'observait.

— Combien de temps a-t-il passé dans la maison, cet homme ?

— Très peu de temps. Là encore, mon cousin n'a pas fait très attention. Il a fini son déjeuner, et il disait des prières pour sa famille lorsque l'homme est sorti par la même porte. Il a fait le tour du patio, il a pris son temps, il a bien regardé le fairway, en enlevant ses deux gants. Il les a rangés dans son sac de golf. Il a remis ses chaussures, puis il a sauté dans sa voiturette et il a filé.

— Et ensuite ?

— À midi, mon cousin est retourné au travail. Deux heures plus tard, il coupait de l'herbe sur le parcours nord quand un ami lui a dit qu'il y avait de l'agitation à Creek Course, avec des policiers partout, qu'il y avait eu un cambriolage et qu'une femme avait été tuée. Pendant tout l'après-midi, la rumeur a couru sur le terrain de golf, et mon cousin a vite appris quelle maison c'était. Il a pris une voiturette de service et il a vu la police autour de la maison. Il a filé en vitesse.

— Il en a parlé à quelqu'un ?

Julio jeta encore un œil aux alentours. Il faisait nuit à présent. Personne ne les regardait.

— Ça reste encore un secret, hein Theo ?

— Bien sûr.

— Eh bien… mon cousin est sans papiers. Ma mère en a pour nous, mais pas mon cousin. Le lendemain du meurtre, la police est arrivée et a posé des tas de questions. Il y a deux autres gars du Salvador qui travaillent là-bas, et ils sont sans papiers aussi. Donc le patron a dit à mon cousin de filer, de ne pas revenir pendant quelques jours. C'est ce qu'ils ont fait. Au moindre contact avec la police, mon cousin serait arrêté, mis en prison, et renvoyé au Salvador.

— Donc il n'en a jamais parlé à personne ?

— Non. Seulement à moi. Il regardait la télé un soir et il a vu un reportage sur le meurtre. Ils ont montré la maison, et mon cousin l'a reconnue. Ils ont montré l'homme, Mr Duffy je crois, qui marchait dans la rue. Mon cousin a dit qu'il marchait exactement comme l'homme qu'il avait vu entrer dans la maison. Il en était sûr.

— Pourquoi est-ce qu'il t'en a parlé ?

— Parce que je suis son cousin et que je vais à l'école. Mon anglais est bon, et j'ai des papiers. Il ne comprend pas le système de la justice et il m'a demandé. Je lui ai dit que j'essaierais de savoir. C'est pour ça que je suis là, Theo.

— Qu'est-ce que tu attends de moi ?

— Dis-nous quoi faire. Il pourrait être un témoin important, non ?

— Oh ! oui.

— Alors, qu'est-ce qu'il doit faire, mon cousin ?

Rentrer au Salvador en vitesse, pensa Theo, mais sans le dire.

— Donne-moi une minute, dit-il en se frottant la mâchoire : son appareil dentaire lui faisait mal, tout à coup.

Il donna un coup de pied dans une pierre. Quelle tempête allait déclencher le témoignage du cousin ?

— Il y a une récompense ? demanda Julio.

— Il veut de l'argent ?

— Tout le monde en veut.

— Je ne sais pas, c'est peut-être trop tard. Le procès est à moitié terminé.

Theo réfléchit encore. Ils étaient là tous les deux à regarder leurs chaussures.

— C'est incroyable, dit Theo.

La tête lui tournait, mais il avait l'esprit assez clair pour savoir que l'affaire était trop importante pour lui. Ce serait aux adultes de s'en occuper.

Impossible de garder un pareil secret.

— Alors ? insista Julio.

Il ne quittait pas Theo des yeux, attendant que la sagesse sorte de sa bouche.

— Où habite ton cousin ?

— Près de la Carrière. Je n'y suis jamais allé.

C'était bien ce que pensait Theo. La Carrière était un quartier difficile de la ville, où vivaient les gens pauvres. Strattenburg était une ville sûre, mais il y avait parfois des coups de feu ou des arrestations pour trafic de drogue – et on avait l'impression que ça se passait toujours à la Carrière.

— Je peux parler à ton cousin ? demanda Theo.

— Je ne sais pas, Theo. Cette histoire le rend vraiment nerveux. Il a peur d'avoir de gros ennuis. Son travail est très important pour sa famille, au Salvador.

— Je comprends. Mais il faut que je sois sûr des faits avant de prendre une décision. Tu le vois souvent ?

— Une ou deux fois par semaine. Il s'arrête au foyer pour voir ma mère. Il a beaucoup le mal du pays et nous sommes sa seule famille ici.

— Il a un téléphone ?

— Non, mais il vit avec d'autres gars et il y en a un qui a un téléphone.

Theo fit les cent pas sur le parking, perdu dans ses pensées. Soudain, il claqua des doigts.

— C'est bon, j'ai le plan. Tu as besoin d'aide pour tes maths, ce soir, j'imagine ?

— Euh, oui, je crois.

— Dis oui, c'est tout.

— Oui.

— Bien. Tu vas contacter ton cousin et lui dire de passer au foyer dans une heure. Je viendrai t'aider à faire tes devoirs, et je tomberai sur lui par hasard. Dis-lui qu'on peut me faire confiance et que je ne révélerai son secret à personne sans son autorisation. Compris ?

— Je vais essayer. Qu'est-ce qui se passera quand tu lui auras parlé ?

— Je ne sais pas. Je n'en suis pas encore là.

Julio disparut dans la nuit. Theo revint à son bureau où il conservait un dossier sur l'affaire Duffy. Il y avait des articles de journaux, une copie de l'inculpation, et des recherches Internet sur Pete Duffy, Clifford Nance et même Jack Hogan, le procureur.

Tous les avocats conservent ce genre de dossiers.

Le mercredi soir, c'était plat chinois du traiteur Dragon d'Or. Ils mangeaient toujours en regardant l'émission préférée de Theo, des rediffusions de vieux épisodes de Perry Mason.

Mrs Boone était toujours avec sa cliente, une malheureuse que l'on entendait pleurer derrière la porte fermée. Mr Boone allait partir pour le Dragon d'Or, quand Theo expliqua qu'il devait filer au foyer pour passer quelques minutes avec Julio.

— Ne sois pas trop en retard, dit Mr Boone. Nous dînerons à 19 heures.

— Entendu.

Bien sûr qu'on dînera à 19 heures, se dit Theo.

Il y avait une bibliothèque au rez-de-chaussée, près de l'entrée – avec une longue table entourée de fauteuils en cuir. Les murs étaient couverts d'étagères chargées d'épais volumes. Les réunions importantes se tenaient là. Parfois, des groupes d'avocats s'y réunissaient pour une déposition ou une négociation. Vincent l'assistant aimait bien y travailler. Theo aussi, quand le cabinet était calme. Il aimait aussi se glisser dans la bibliothèque en fin d'après-midi, une fois le cabinet fermé, quand les autres étaient partis.

Theo entra avec Juge et ferma la porte. Sans allumer la lumière, il se mit à l'aise dans un fauteuil, posa les pieds sur la table et contempla les étagères faiblement éclairées. Des milliers de livres. Il entendait les voix lointaines de sa mère et de sa cliente.

Theo ne connaissait aucun autre ado dont les parents travaillaient ensemble. Il n'en connaissait aucun autre qui traînait au bureau tous les jours après les cours. La plupart de ses amis jouaient au base-ball ou au football, allaient à la piscine ou restaient chez eux en attendant de dîner. Et lui était là, assis dans la pénombre d'une bibliothèque juridique, à réfléchir à ces révélations de dernière minute.

Il adorait cet endroit – l'odeur riche du cuir fatigué, des vieux tapis et des livres de droit poussiéreux. Leur aspect solennel.

Comment lui, Theodore Boone, pouvait-il connaître la vérité sur le meurtre Duffy ? Strattenburg comptait quelque soixante-quinze mille habitants : pourquoi lui ? Le pire crime commis dans cette ville depuis les années 1950... et lui, Theo, se retrouvait au cœur de l'affaire.

Il n'avait aucune idée de ce qu'il devait faire.

10.

Quelques hommes d'aspect peu engageant traînaient autour du foyer d'Highland Street. Theo gara son vélo, et passa parmi eux en demandant poliment pardon, avec un sourire métallique. Il n'avait aucune crainte : ces hommes n'iraient pas embêter un jeune. La puanteur de l'alcool éventé traînait dans l'air.

— T'as une pièce, petit ? demanda une voix éraillée.

— Non, monsieur, répondit Theo sans s'arrêter.

Au sous-sol, Theo trouva Julio et sa famille qui finissaient de dîner. Sa mère parlait un anglais passable, mais elle fut évidemment surprise de voir Theo un mercredi soir. Theo expliqua, dans ce qu'il croyait être un espagnol parfait, que Julio avait besoin d'aide supplémentaire pour ses maths. À l'évidence, la mère de Julio ne comprenait pas l'espagnol parfait, parce qu'elle demanda à son fils ce que disait Theo. Puis Hector se mit à pleurer et elle dut s'occuper de lui.

La cantine était pleine et surchauffée ; d'autres enfants pleuraient. Theo et Julio se faufilèrent dans une petite salle de réunion au rez-de-chaussée, celle que la mère de Theo utilisait parfois pour voir ses clients du foyer.

— Tu as parlé à ton cousin ? demanda Theo après avoir fermé la porte.

— Oui. Il a dit qu'il viendrait, mais je ne sais pas. Il est très nerveux, Theo. Ne sois pas étonné s'il ne vient pas.

— D'accord. On va travailler sur tes maths.

— On est obligés ?

— Julio, tu as juste la moyenne. Ce n'est pas assez bon. Il te faut des notes correctes, au moins.

Au bout de dix minutes, ils en avaient déjà assez. Theo n'arrivait pas à se concentrer : il avait l'esprit fixé sur le cousin de Julio. Son témoignage était une bombe potentielle. Julio pensait à autre chose parce qu'il détestait les maths. Le téléphone de Theo sonna.

— C'est ma mère.

Elle quittait le cabinet et s'inquiétait pour lui. Il l'assura que tout allait bien, qu'il travaillait consciencieusement avec Julio, et qu'il serait à la maison à temps pour dîner chinois, même si c'était chinois froid. Quelle différence, chaud ou froid ?

Theo raccrocha et Julio commenta :

— C'est super que t'aies un portable.

— Je ne suis pas le seul au collège. Et c'est seulement pour les appels locaux.

— Quand même.

— Et c'est qu'un téléphone, pas un ordinateur.

— Personne n'en a, dans ma classe.

— Tu n'as que douze ans. Attends l'année prochaine. Où peut être ton cousin, à ton avis ?

— Appelons-le.

Theo hésita, puis il pensa : « Pourquoi pas ? » Il n'avait pas toute la soirée à passer avec le cousin. Il composa le numéro et tendit l'appareil à Julio, qui écouta un instant et dit : « Messagerie. »

On frappa à la porte.

Le cousin portait encore sa tenue de travail kaki avec « Waverly Creek Golf » en grosses lettres dans le dos, et en bien plus petit sur sa poche de devant. Sa casquette assortie portait la même inscription. Il n'était pas beaucoup plus grand que Theo, et ne paraissait vraiment pas avoir dix-huit ou dix-neuf ans. Ses yeux noirs lançaient des regards affolés et, avant même de s'asseoir, il donna la nette impression qu'il était prêt à partir.

Il refusa de serrer la main de Theo et refusa même de donner son prénom ou son nom de famille. Il se mit à discuter rapidement en espagnol avec Julio. Ils étaient tendus.

— Il veut savoir pourquoi il te ferait confiance, demanda Julio.

Theo était content d'avoir cet interprète, parce qu'il n'avait quasiment rien compris.

Il répondit :

— Écoute, Julio, je fais un petit résumé ? Il est venu te voir, tu es venu me voir, et me voilà. Ce n'est pas moi qui ai commencé. S'il veut partir, au revoir. Je serais content de rentrer chez moi.

C'était dur et, en anglais, le message était ferme. Julio le traduisit en espagnol, et le cousin fusilla Theo du regard comme s'il l'avait insulté.

Theo ne voulait pas partir. Il savait qu'il devait partir. Il savait qu'il ne devait pas s'impliquer là-dedans. Il s'était dit et répété « barre-toi »… mais, en vérité, Theo était ravi d'être là.

— Dis-lui qu'il peut me faire confiance, que je ne répéterai à personne ce qu'il me dira, expliqua-t-il à Julio.

Julio traduisit, et le cousin sembla se détendre un peu.

Il était évident que le cousin était très perturbé et qu'il avait besoin d'aide. Julio continua à parler en espagnol, à toute allure. Theo en comprit une partie : Julio chantait ses louanges.

Le cousin sourit.

Theo avait imprimé une carte en couleurs de Creek Course, trouvée sur Google Earth, en indiquant la maison Duffy. Le cousin, toujours anonyme, commença à raconter son histoire. Il désigna un petit bosquet dans le virage, au sixième fairway, et expliqua rapidement ce qu'il avait vu. Il était assis sur des rondins près d'un ruisseau, juste en lisière, et déjeunait tranquillement, quand il avait vu l'homme entrer dans la maison par l'arrière et ressortir quelques minutes plus tard.

Julio poursuivait bravement sa mission d'interprète, arrêtant souvent son cousin pour avoir le temps de traduire. Theo le comprenait de mieux en mieux, à mesure qu'il s'habituait à son rythme de parole.

Le cousin décrivit la panique autour du terrain de golf, quand la rumeur s'était répandue après l'arrivée de la police. Selon l'un de ses amis, un jeune du Honduras qui travaillait comme serveur au gril du clubhouse, Mr Duffy déjeunait tard en buvant un verre lorsqu'il avait appris qu'on avait retrouvé sa femme. Il fit toute une scène, courut à sa voiturette et fonça chez lui. Selon l'ami hondurien, Mr Duffy portait un polo noir avec un pantalon et une casquette de golf marron. C'était exactement ça, dit le cousin. L'homme qu'il avait vu entrer chez les Duffy et en sortir quelques minutes plus tard portait la même tenue.

Theo sortit quatre photos de Pete Duffy de son dossier. Il les avait trouvées sur Internet, dans les archives du quotidien de Strattenburg, puis les avait agrandies. Il les étala sur la table. Le cousin ne parvint pas à identifier Mr Duffy. Il se situait à une distance de 50 à 90 mètres de la maison quand il avait vu l'homme. Celui-ci ressemblait beaucoup à celui des photos, mais le cousin n'en était pas sûr. Il était certain, en revanche, de ce que portait l'homme.

Une identification par le cousin serait utile, mais pas indispensable. Il serait facile d'établir comment Mr Duffy était habillé ce jour-là, et le fait qu'un témoin avait vu un homme vêtu à l'identique entrer dans la maison quelques minutes avant le meurtre assurerait sa condamnation – c'est du moins ce que pensait Theo.

Tout en écoutant Julio traduire, Theo observa le cousin avec attention. Il disait la vérité, c'était sûr. Pourquoi ne l'aurait-il pas dite ? Il n'avait rien à gagner en mentant, et tellement à perdre ! Son histoire était crédible. De plus, elle convenait parfaitement à la théorie du procureur. Le problème, évidemment, c'était que le procureur ne savait même pas que ce témoin existait.

Theo écouta encore, se demandant de nouveau ce qu'il allait faire.

Le cousin parlait encore plus vite, comme si la digue s'était enfin rompue et qu'il voulait se décharger de tout. Julio traduisit de plus belle. Theo tapait fiévreusement sur son ordinateur, prenant le plus de notes possible. Il arrêta le récit, demanda à Julio de répéter quelque chose, puis ils reprirent.

Quand Theo n'eut plus de questions à poser, il jeta un œil à sa montre et fut étonné de voir comme il était tard. Il était plus de 19 heures, et ses parents ne seraient pas contents qu'il soit en retard pour le dîner. Il dit qu'il devait partir. Le cousin demanda ce qui allait arriver, maintenant.

— Je ne suis pas sûr, répondit Theo. Donnez-moi du temps. La nuit porte conseil.

— Mais tu as promis de ne pas le dire, dit Julio.

— Je ne le dirai pas. Pas avant qu'on ait décidé d'un plan – tous les trois.

— S'il prend peur, il disparaîtra, c'est tout, dit Julio en montrant son cousin. Il ne peut pas se faire arrêter. Tu comprends ?

— Bien sûr que je comprends.

Le *chow mein* de poulet était plus froid que d'habitude, mais Theo n'avait pas beaucoup d'appétit, de toute façon. Les Boone s'étaient préparé des plateaux-télé. Juge, qui avait refusé la nourriture pour chien dès sa première semaine chez eux, mangeait dans son écuelle près de la télévision. Lui n'avait pas de problème d'appétit.

— Pourquoi tu ne manges pas ? demanda la mère de Theo, les baguettes levées.

— Mais si, je mange.

— Tu as l'air préoccupé, dit son père, qui se servait d'une fourchette.

— Si, insista Mrs Boone. Il s'est passé quelque chose au foyer ?

— Non. Je pensais juste à Julio et à sa famille, combien ça doit être difficile pour eux.

— Comme tu es gentil, Theo.

« Si vous saviez », pensa Theo.

Perry Mason, en noir et blanc, était au milieu d'un grand procès, et il risquait de le perdre. Le juge en avait assez de lui. Les jurés semblaient sceptiques et son adversaire le procureur, confiant. Tout à coup, Perry se tourna vers le public et appela un témoin surprise. Le témoin se rendit à la barre, où il raconta une histoire bien différente de celle du procureur. Ce nouveau récit était parfaitement crédible. Le témoin surprise résista au contre-interrogatoire, et le jury trancha en faveur de Perry Mason et de son client.

Une fois encore, l'histoire se terminait bien. Encore une victoire au tribunal.

— Ça ne marche pas comme ça, dit Mrs Boone. (Elle disait cette phrase au moins trois fois par épisode.) Les témoins surprises, ça n'existe pas.

Theo vit une ouverture.

— Mais… et si un témoin apparaissait tout à coup ? Un témoin indispensable pour découvrir la vérité ? Un témoin que personne ne connaît ?

— Si personne ne le connaît, comment pourrait-il aller au tribunal ? demanda Mr Boone.

— Et s'il apparaissait, tout simplement ? répliqua Theo. Et si un témoin oculaire entendait parler du procès dans les journaux ou à la télévision, et qu'il se manifestait ? Personne ne connaît son existence. Personne ne sait qu'il a assisté au crime. Que ferait le juge ?

Il était rare que Theo puisse coincer, même brièvement, les deux autres avocats de la famille. Ses parents réfléchirent à la question. Deux choses étaient certaines, à ce stade. L'une, que ses parents auraient une idée. L'autre, qu'ils seraient forcément en désaccord.

Sa mère commença :

— L'accusation ne peut pas appeler un témoin qu'elle n'a pas annoncé au tribunal et à la défense. La procédure interdit les témoins surprises.

— Mais, coupa son père, tout prêt à la contredire, si l'accusation ignore l'existence d'un témoin, alors elle ne peut pas indiquer son identité. La raison même d'un procès, c'est de découvrir la vérité. Si on refuse à un témoin l'occasion de témoigner, on dissimule la vérité.

— Les règles sont les règles.

— Mais le juge peut les modifier si nécessaire.

— La condamnation ne tiendrait pas, en appel.

— Je n'en suis pas si sûr.

Un vrai ping-pong. Theo se tut. Il voulut rappeler à ses parents qu'ils n'étaient pénalistes ni l'un ni l'autre, mais ce commentaire lui vaudrait sans doute une réprimande des deux côtés. Ces discussions étaient courantes chez les Boone, et Theo avait appris beaucoup de droit à table, dans le jardin, ou même en voiture.

Par exemple, il avait appris que ses parents, en tant qu'avocats, devaient aider à l'administration de la justice. Si d'autres avocats ou la police violaient les règles, ou si un juge dérapait, ses parents étaient censés prendre les mesures adéquates. De nombreux avocats ignoraient cette responsabilité, d'après ses parents, mais pas eux.

Theo craignait de leur parler du cousin de Julio. Leur sens du devoir les pousserait sans doute à aller droit chez le juge Gantry. Le cousin serait arrêté, traîné au tribunal, forcé de témoigner puis détenu comme immigré clandestin. On le mettrait en prison, puis dans un centre de rétention où, selon Mr Mount, il pourrait attendre pendant des mois d'être renvoyé au Salvador.

La crédibilité de Theo serait détruite. Et une famille entière souffrirait.

Mais un coupable serait condamné. Autrement, Pete Duffy sortirait sans doute libre du tribunal. Il avait commis un meurtre, et il s'en tirerait.

Theo s'étrangla sur sa bouchée de poulet froid.

Cette nuit, il dormirait mal. Il le savait.

11.

Les cauchemars cessèrent juste avant l'aube, et Theo abandonna tout espoir de trouver le repos. Il contempla le plafond de sa chambre un long moment, attendant que ses parents se lèvent. Il dit bonjour à Juge, qui dormait sous son lit.

Cette nuit-là, Theo s'était convaincu à de multiples reprises qu'il n'avait pas le choix : il devait leur raconter l'histoire du cousin de Julio, ce matin même. Theo avait beaucoup changé d'avis, aussi. En fait, décida-t-il enfin en sortant du lit, il n'arrivait pas à trahir la promesse qu'il avait faite à Julio et à son cousin. Il ne pouvait en parler à personne. Si un coupable s'en sortait, ce n'était pas son problème.

Vraiment ?

Il accomplit son rituel matinal – douche, brossage de dents, appareil dentaire, et la torture quotidienne : comment s'habiller ? Comme d'habitude, il pensa à Elsa et à son habitude agaçante d'inspecter rapidement sa chemise, son pantalon et ses chaussures pour s'assurer qu'ils allaient bien ensemble et qu'il ne les avait pas portés les trois jours précédents.

Il entendit son père partir peu avant 7 heures. Il entendit aussi sa mère dans le bureau ; elle regardait une émission matinale. À 7 h 30 précises, Theo ferma la porte de la salle de bains, prit son téléphone portable et appela oncle Ike.

Ike n'était pas du matin. Son emploi médiocre de conseiller fiscal de seconde zone ne l'épuisait guère, et il ne commençait pas la journée dans un élan d'enthousiasme. Son travail l'ennuyait, comme il l'avait souvent répété à Theo. Il y avait un autre problème. Ike buvait trop, et cette malencontreuse habitude ne l'aidait pas à se réveiller. Au fil des ans, Theo avait entendu les adultes évoquer en chuchotant ses problèmes de boisson. Une fois, Elsa avait posé une question à Vince au sujet d'Ike, et Vince avait répondu sèchement : « Peut-être s'il est sobre. » Theo n'était pas censé être au courant, mais il en apprenait bien plus au cabinet que les autres ne croyaient.

Une voix éraillée brailla enfin :

— C'est Theo ?

— Oui, bonjour, Ike. Désolé de te déranger aussi tôt, dit Theo d'une voix aussi douce que possible.

— Pas de problème, Theo. Tu as quelque chose à me dire, j'imagine.

— Oui. On peut parler ce matin, dans pas longtemps ? À ton bureau ? Il s'est passé quelque chose de vraiment important, et je ne suis pas sûr de pouvoir en discuter avec mes parents.

— Bien sûr, Theo. À quelle heure ?

— Un peu avant 8 heures, peut-être. Les cours commencent à 8 h 30. Si je pars trop tôt, maman aura des soupçons.

— Bien sûr. C'est parfait.

— Merci, Ike.

Theo engloutit son petit déjeuner, embrassa sa mère, dit au revoir à Juge et sauta sur son vélo. À 8 heures précises, il fonçait déjà dans Mallard Lane.

Ike était à son bureau avec une grande tasse de café fumant et un gros biscuit à la cannelle avec au moins deux centimètres de glaçage. Il avait l'air délicieux, mais Theo venait de finir ses céréales. En plus, il avait perdu l'appétit.

— Ça va ? demanda Ike.

Theo s'assit sur le rebord de la chaise.

— Oui… je dois parler à quelqu'un en confiance. À quelqu'un qui connaît le droit.

— Tu as assassiné quelqu'un ? Braqué une banque ?

— Non.

— Tu m'as l'air horriblement coincé, dit Ike en engouffrant un énorme morceau de biscuit.

— C'est l'affaire Duffy, Ike. Je sais peut-être quelque chose sur la culpabilité de Mr Duffy.

Ike continua à manger, penché sur son bureau. Il plissa les yeux.

— Continue, dit-il en le regardant sévèrement.

— Il y a un témoin. Un gars que personne ne connaît, qui a vu quelque chose au moment du meurtre.

— Et tu sais qui c'est ?

— Oui, mais j'ai promis de ne rien dire.

— Et comment tu es tombé sur ce gars, grand Dieu ?

— Par un copain du collège. Je ne peux rien te dire de plus, Ike. J'ai promis.

Ike prit sa tasse et but une longue gorgée de café, sans quitter Theo du regard. Il n'était pas tellement surpris, en fait. Son neveu connaissait plus d'avocats, de greffiers, de juges et de policiers que n'importe qui en ville.

— Et ce que ce témoin inconnu a vu là-bas, cela aurait de fortes conséquences sur le procès, c'est ça ? demanda Ike.

— Oui.

— Ce témoin, il a parlé à la police, aux avocats ou à une autre personne impliquée dans l'affaire ?

— Non.

— Et ce témoin ne veut pas se présenter à la barre, à ce stade ?

— C'est ça.

— Il a peur de quelque chose ?

— Oui.

— Son témoignage contribuerait à faire condamner Mr Duffy, ou à l'acquitter ?

— À le condamner, certainement.

— Tu as parlé à ce témoin ?

— Oui.

— Et tu le crois ?

— Oui. Il dit la vérité.

Ike reprit du café. Il transperçait Theo du regard.

Ike dit enfin :

— Aujourd'hui, c'est jeudi, la troisième journée complète de procès. D'après ce que j'ai entendu, le juge Gantry est décidé à en finir cette semaine, même si cela signifie tenir audience samedi. Donc, le procès est sans doute à moitié terminé.

Theo acquiesça. Son oncle reprit une bouchée de meringue. Une minute passa.

Ike dit enfin :

— Donc, la question est, manifestement : que pouvons-nous, ou devons-nous faire de ce témoin à ce stade du procès ?

— Exact, dit Theo.

— Si j'ai bien compris, le procureur Hogan aurait bien besoin de quelques surprises. L'accusation avait un dossier insuffisant, et cela n'a fait qu'empirer.

— Je croyais que tu ne suivais pas le procès.

— J'ai des amis, Theo. Des sources d'information.

Ike se leva et alla tout au fond de la pièce, où se trouvait une vieille bibliothèque remplie de livres de droit. Il fit courir son doigt sur les tranches, puis saisit un tome et commença à le feuilleter. Il revint à son bureau, se rassit, posa le livre devant lui et chercha l'information qu'il avait en tête. Enfin, après un long silence, il déclara :

— Voilà. Selon nos règles de procédure, le juge d'un procès pénal peut déclarer un vice de procédure s'il pense qu'il s'est produit une irrégularité. Par exemple : un juré est contacté par une personne impliquée dans l'affaire ; un témoin important tombe malade ou ne peut témoigner pour une autre raison ; des éléments essentiels disparaissent. Des trucs comme ça.

Theo le savait.

— Est-ce que cela concerne les témoins surprises ?

— Pas spécifiquement, mais c'est une règle assez large qui permet au juge de faire ce qu'il pense devoir faire. On peut soutenir que l'absence d'un témoin important correspond à un vice de procédure.

— Que se passe-t-il dans ce cas ?

— L'inculpation tient. Et on organise un nouveau procès.

— Quand ?

— C'est au juge de décider, mais, dans cette affaire, je pense que Gantry ne voudra pas attendre trop longtemps. Deux mois, je dirais. Suffisamment pour que ce témoin secret s'organise.

Les pensées de Theo se bousculaient dans sa tête. Il ne savait que dire.

Ike reprit :

— Donc, Theo, la question est : comment convaincre le juge Gantry de déclarer un vice de procédure avant que le jury tranche l'affaire ? Avant que le jury déclare Mr Duffy non coupable, alors qu'il l'est ?

— Je ne sais pas. C'est là que tu interviens, Ike. J'ai besoin de ton aide.

Ike posa le livre et réfléchit un instant.

— Voilà ce qu'on va faire. Tu vas en classe. J'irai au tribunal jeter un œil. J'approfondirai mes recherches, je parlerai à un ou deux amis. Sans mentionner ton nom. Crois-moi, Theo, je te protégerai toujours. Tu peux m'appeler à l'heure du déjeuner ?

— Bien sûr.

— File.

Au moment où Theo arrivait à la porte, Ike lui demanda :

— Pourquoi tu n'en as pas parlé à tes parents ?

— Je devrais, tu crois ?

— Pas encore. Plus tard, peut-être.

— Ils sont très attachés à la déontologie, Ike. Tu le sais. Ils doivent aider à l'administration du tribunal et ils pourraient m'obliger à révéler ce que je sais. C'est compliqué.

— Theo, c'est trop compliqué pour tes treize ans.

— Je crois que je suis d'accord.

— Appelle-moi à midi.

— Sans faute, Ike. Merci.

À la récréation, Theo partit en hâte chercher April, mais quelqu'un l'appela dans le hall. C'était Sandy Coe, qui courut à sa rencontre.

— Theo, tu as une minute ?

— Euh, oui, bien sûr.

— Je voulais juste te dire que mes parents sont allés voir cet avocat des faillites, Mozingo, et il leur a promis qu'ils ne perdraient pas leur maison.

— C'est super, Sandy.

— Il a dit qu'ils devraient se déclarer en faillite – tout ce que tu m'as expliqué –, mais au bout du compte, on gardera notre maison.

Sandy fouilla dans son sac, sortit une petite enveloppe et la tendit à Theo.

— De la part de ma mère. Je lui ai parlé de toi, et je crois que c'est un mot de remerciement.

Theo le prit à contrecœur.

— Ce n'était pas la peine, Sandy. Ce n'était rien.

— Comment ça, rien ? Theo, on garde notre maison !

Theo vit les yeux de Sandy mouillés de larmes. Avant qu'il se mette à pleurer, Theo lui donna une vigoureuse poignée de main.

— C'était un plaisir, Sandy. Et si je peux t'aider encore, fais-le-moi savoir.

— Merci, Theo.

Pendant le cours d'éducation civique, Mr Mount demanda à Theo de mettre ses camarades au courant de ce qui était arrivé au procès. Theo expliqua que le procureur essayait de prouver les difficultés conjugales des Duffy, qui avaient failli demander le divorce deux ans plus tôt. Plusieurs de leurs amis avaient témoigné, mais ils avaient été déstabilisés par les contre-interrogatoires impitoyables de Clifford Nance.

L'espace d'un instant, Theo songea à ouvrir son ordinateur et à lire en direct les échanges au tribunal, mais il se retint. Il ne commettait aucune infraction en pénétrant sur le site du greffe, mais ce n'était tout de même pas recommandable.

Dès la fin du cours, Theo fila dans une salle à l'écart et appela Ike. Il était presque 12 h 30.

— Il va s'en tirer, dit Ike. Hogan n'aura jamais sa condamnation.

— Tu as assisté au procès ? demanda Theo, caché dans un coin.

— Toute la matinée. Clifford Nance est trop bon, et Hogan s'est perdu. J'ai bien regardé les jurés. Ils n'aiment pas Pete Duffy, mais il n'y a aucune preuve. Il va s'en tirer.

— Mais il est coupable, Ike.

— Si tu le dis, Theo. Mais je ne sais pas ce que tu sais. Personne ne le sait.

— Qu'est-ce qu'on fait ?

— J'y réfléchis encore. Passe après les cours.

— Entendu.

12.

La fille la plus appréciée de sa classe était une brune aux cheveux bouclés nommée Hallie. Très mignonne, extravertie, elle adorait flirter. Elle était capitaine des pom-pom girls, mais pas seulement. Aucun des garçons n'osait la défier au tennis et, une fois, elle avait battu Brian au 100 mètres nage libre et au 50 mètres brasse. Comme elle s'intéressait surtout au sport, Theo était sur sa liste B, voire sa liste C.

Mais le chien d'Hallie avait mauvais caractère. Et grâce à cela, Theo allait progresser sur la liste.

Le chien était un schnauzer qui s'énervait facilement lorsqu'il restait seul toute la journée à la maison. Il avait réussi à sortir par une chatière, à passer sous la clôture, et s'était fait ramasser par le service des animaux à presque un kilomètre de chez lui. Theo écouta cette histoire en finissant son déjeuner. Hallie et deux de ses amies se précipitèrent à la table où il mangeait, et se soulagèrent de leur angoisse. Hallie était en larmes, et Theo ne put s'empêcher de remarquer comme elle était jolie, même en pleurs. Ce fut un grand moment.

— C'est déjà arrivé ? demanda-t-il.

Hallie s'essuya les yeux.

— Oui. Rocky a été arrêté il y a quelques mois.

— Ils vont le gazer ? demanda Edward.

Edward était dans le groupe qui s'était réuni autour de Theo, Hallie et ses amies. Hallie attirait en général une foule de garçons. À l'idée que son chien soit gazé, elle pleura de plus belle.

— Tais-toi, dit sèchement Theo à Edward (qui était un lourdaud, de toute façon). Mais non, ils ne vont pas le gazer.

Hallie gémit :

— Mon père n'est pas en ville, et ma mère voit des patients jusqu'à la fin de l'après-midi. Je ne sais pas quoi faire.

Theo poussa son plateau-repas pour poser son ordinateur.

— Détends-toi, Hallie. J'ai déjà vu ça.

Il tapa quelques mots. Le groupe se rapprocha pour mieux voir.

— Ton chien est tatoué, je suppose.

Selon un arrêté du maire, tous les chiens de Strattenburg devaient être tatoués et déclarés. Les chiens errants étaient ramassés et gardés trente jours à la fourrière municipale. S'il n'était pas adopté au bout de ces trente jours, le pauvre chien était endormi. Ou « gazé », comme l'avait cruellement formulé Edward. Mais ce n'était pas vraiment un gazage.

La famille de Hallie était aisée. Son père était dirigeant de société et sa mère, un médecin réputé. Bien sûr que leur chien était déclaré dans les règles.

— Oui, dit-elle. Au nom de mon père.

— Qui est ? demanda Theo en pianotant sur son ordinateur.

— Walter Kershaw.

Theo tapa quelques mots. Tout le monde attendait. Les pleurs s'étaient arrêtés.

— Très bien, dit Theo en regardant l'écran. Je vérifie le registre d'entrée du service des animaux… Ah ! ça y est. Rocky est arrivé à la fourrière à 9 h 30 ce matin. Il est inculpé de non-port de la laisse, ce qui s'était déjà produit une fois cette année. L'amende sera de vingt dollars, plus huit pour payer la fourrière. À la troisième infraction, il passera dix jours au trou et ça coûtera cent dollars.

— Où est-ce que je peux aller le chercher ? demanda Hallie.

— Le tribunal pour animaux se tient de 16 à 18 heures, tous les jours ouvrables sauf le lundi. Tu pourras y aller cet après-midi ?

— Je pense, mais je n'aurai pas besoin de mes parents ?

— Non. Je serai là. Ce ne sera pas la première fois.

— Elle n'a pas besoin d'un vrai avocat ? demanda Edward.

— Non, pas au tribunal pour animaux. Même un crétin comme toi pourrait y aller.

— Et l'argent ? demanda Hallie.

— Je ne peux pas demander d'honoraires. Je n'ai pas encore l'autorisation de pratiquer.

— Pas toi, Theo. L'argent pour l'amende.

— Ah ! ça… Voici le plan. Je remplis une déclaration de récupération, sur Internet. Cela signifie que Rocky plaide coupable pour l'infraction à la loi sur les chiens en laisse, qui est une infraction sans gravité, et que toi, en tant que propriétaire, tu paieras l'amende et tu le récupéreras à la fourrière. Après les cours, tu files à l'hôpital, tu demandes l'argent à ta mère, et je te retrouve au tribunal à 16 heures.

— Merci, Theo. Rocky sera là ?

— Non. Rocky reste à la fourrière. Vous pourrez le récupérer après, toi et ta mère.

— Pourquoi je ne peux pas le prendre au tribunal ? demanda-t-elle.

Les questions ridicules de ses amis laissaient souvent Theo sans voix. Le tribunal pour animaux était le fond du panier. Son surnom était la « cour des minous », et le système judiciaire le traitait comme un enfant non désiré. Le juge était un avocat qui s'était fait virer de tous les cabinets de la ville. Il portait des blue-jeans et des rangers, et il était humilié d'occuper une fonction aussi minable. Selon les règles, tout propriétaire d'un animal en infraction pouvait comparaître sans avocat et plaider lui-même son affaire. La plupart des juristes évitaient la cour des minous parce que c'était bien en dessous d'eux. La salle d'audience se trouvait au sous-sol, loin des grands procès.

Hallie s'imaginait-elle vraiment que, tous les après-midi, les policiers transportaient une meute de chiens et de chats enchaînés et muselés, pour les juger et les rendre à leurs propriétaires ? Les prévenus étaient tirés de prison et gardés dans les geôles où ils attendaient leur tour de passer devant le juge. Mais pas les chiens et les chats.

Theo retint un sarcasme. Il sourit à Hallie, toujours plus mignonne.

— Désolé, Hallie, ça ne marche pas comme ça. Mais tu retrouveras Rockie chez toi, sain et sauf.

— Merci, Theo. C'est toi le meilleur.

En temps normal, les oreilles de Theo en auraient bourdonné pendant des heures, mais ce n'était pas un jour normal. Il était trop préoccupé par le procès de Pete Duffy. Ike se trouvait au tribunal, et Theo lui envoya des SMS tout l'après-midi.

Theo : *T'es là ? Des nouvelles STP.*

Ike répondit : *Oui, balcon. Plein de gens. Procureur a arrêté 14 h. Bien joué : doutes divorce et vieux copains de golf.*

Theo : *Assez de preuves ?*

Ike : *Non. Il va s'en tirer. Sauf...*
Theo : *T'as un plan ?*
Ike : *Je réfléchis encore. Tu viens au tribunal ?*
Theo : *Peut-être. Il se passe quoi ?*
Ike : *1er témoin défense. Associé de Duffy. Ennuyeux.*
Theo : *Je dois partir. Chimie. À+*
Ike : *Je veux exc. note en chimie. OK ?*
Theo : *Pas de souci.*

Le tribunal pour animaux n'était pas tenu en haute estime par les avocats de Strattenburg, mais on s'y ennuyait rarement. Il y avait l'affaire d'un boa constrictor nommé Herman, qui, manifestement, avait un talent pour s'évader. Ses aventures n'auraient jamais posé de problème si son propriétaire avait vécu à la campagne, dans un environnement plus champêtre. Malheureusement, celui-ci, un trentenaire vêtu en punk avec des tatouages qui lui remontaient sur le cou, habitait un immeuble plein de gens, dans un quartier défavorisé. Au petit matin, l'un des voisins qui se préparait sa bouillie d'avoine avait découvert avec horreur Herman dans la cuisine. Le voisin était furieux. Le propriétaire d'Herman, indigné. L'atmosphère, tendue. Theo et Hallie étaient assis sur des chaises pliantes, seuls spectateurs dans la minuscule salle d'audience. La bibliothèque du cabinet Boone & Boone était plus grande et bien plus agréable.

Herman était exposé dans une grande cage grillagée, posée au coin de l'estrade, pas loin du juge Yeck, qui le regardait avec circonspection. Le seul autre représentant de la justice était une greffière âgée qui était là depuis des années ; elle était connue pour être la plus désagréable de tout le tribunal. Elle ne voulait rien savoir d'Herman. Réfugiée dans un coin, elle avait encore l'air apeurée.

— Ça vous plairait, m'sieur le juge ? demanda le voisin de l'homme au boa. Vivre dans le même immeuble que cette créature, sans jamais savoir si elle ne va pas se glisser dans votre lit pendant votre sommeil.

— Il est inoffensif, dit le propriétaire d'Herman. Il ne mord pas.

— Inoffensif ? Et une crise cardiaque, c'est inoffensif ? C'est pas normal, m'sieur le juge. Il faut nous protéger.

— Il n'a pas l'air inoffensif, commenta le juge Yeck.

Tout le monde regarda Herman, enroulé sur une fausse branche, immobile dans sa cage, apparemment endormi et indifférent à la gravité de la procédure.

— Il n'est pas un peu gros pour un boa constrictor à queue rouge ? demanda le juge Yeck, comme s'il s'y connaissait en boas constrictors.

— Deux mètres quinze, à ma connaissance, répondit fièrement le propriétaire. Un peu long, oui.

— Vous avez d'autres serpents dans votre appartement ? demanda le juge.

— Plusieurs.

— Combien ?

— Quatre.

— Oh ! mon Dieu, dit le voisin, tout pâle.

— Tous des boas ? demanda le juge.

— Trois boas et un serpent roi.

— Puis-je vous demander pourquoi ?

Le propriétaire haussa les épaules.

— Il y en a qui aiment les perroquets, d'autres, les écureuils. Les chiens, les chats, les chevaux, les chèvres. Moi, j'aime les serpents. C'est sympa, comme animal de compagnie.

— Sympa, grinça le voisin.

— C'est la première fois que l'un d'eux s'échappe ? demanda le juge Yeck.

— Oui, dit le propriétaire d'Herman.

— Non, dit son voisin.

— Eh bien, cela règle la question.

Aussi fascinante que fût cette audience, Theo avait du mal à se concentrer sur Herman et ses problèmes. Il avait deux sources de distraction. La plus évidente était Hallie, assise tout près de lui, qui lui faisait vivre l'un des meilleurs moments de sa vie. Pourtant, le problème plus grave du cousin de Julio faisait de l'ombre à son bonheur.

Le procès pour meurtre avançait à toute allure. Les avocats et les témoins en auraient bientôt fini. Le juge Gantry allait exposer l'affaire au jury. Le temps était compté.

— Faut nous protéger, juge, répéta le voisin.

— Qu'est-ce que vous voulez que je fasse ? riposta le juge, perdant patience.

— Vous ne pouvez pas ordonner qu'il soit détruit ?

— Vous voulez la peine de mort pour Herman ?

— Et pourquoi pas ? Il y a des enfants dans notre immeuble.

— Ça m'a l'air sévère, dit le juge qui, manifestement, n'allait pas condamner Herman à mort.

— Allons, dit le propriétaire, écœuré. Il n'a jamais fait de mal à personne.

— Pouvez-vous m'assurer que vos serpents resteront dans votre appartement ? demanda le juge.

— Oui. Vous avez ma parole.

— Voici ce que nous allons faire, dit le juge. Ramenez Herman à la maison. Je ne veux plus jamais le revoir. Nous n'avons pas d'endroit pour lui, à la fourrière. Nous n'en voulons pas. Personne n'aime Herman, à la fourrière. Vous me comprenez ?

— Je vois, dit le propriétaire.

— Si Herman s'échappe encore, ou si vos serpents sont surpris en dehors de votre appartement, je serai obligé de les faire détruire. Tous. C'est clair ?

— Oui, Votre Honneur. C'est promis.

— J'ai acheté une hache, dit le voisin énervé. Une à deux mains. Elle m'a coûté douze dollars. (Il désigna Herman avec un geste de colère.) Si je vois ce serpent, ou n'importe quel serpent, chez moi, ou ailleurs, vous n'aurez pas à intervenir, monsieur, Votre Honneur.

— Calmez-vous.

— Je le tuerai, je le jure. J'aurais dû le tuer sur le coup, mais je n'ai pas réfléchi. En plus, je n'avais pas de hache.

— Cela suffit, dit le juge Yeck. L'affaire est jugée.

Le propriétaire se précipita, saisit la lourde cage et la souleva doucement du banc. Herman ne semblait pas impressionné. Il ne s'était guère intéressé au débat sur sa mort. Le voisin sortit du tribunal, furieux. Herman et son propriétaire attendirent un instant, puis partirent aussi.

Les portes de la salle claquèrent, et la greffière reprit tranquillement son siège près du juge. Celui-ci regarda dans ses papiers, puis leva les yeux vers Theo et Hallie. Il n'y avait personne d'autre.

— Tiens, bonjour Mr Boone, dit le juge.

— Bonjour, monsieur le juge.

— Vous avez affaire au tribunal ?

— Oui, monsieur. Je dois récupérer un chien.

Le juge sortit une liste.

— Rocky ? demanda-t-il.

— Oui, monsieur.

— Très bien. Vous pouvez avancer.

Theo et Hallie franchirent le petit guichet donnant sur la seule table. Theo montra à Hallie où s'asseoir. Il resta debout, comme un vrai avocat.

— Le tribunal vous écoute, dit le juge, qui appréciait visiblement la situation et voyait que le jeune Theo Boone faisait de gros efforts pour impressionner sa jolie cliente.

Le juge sourit en se rappelant la première apparition de Theo au tribunal. Jeune garçon craintif, il s'était farouchement battu pour sauver un chiot errant, qu'il avait ramené à la maison et baptisé Juge.

Theo commença dans les formes :

— Eh bien, Votre Honneur, Rocky est un schnauzer nain déclaré au nom de Mr Walter Kershaw, actuellement en déplacement professionnel. Son épouse, le Dr Phyllis Kershaw, est pédiatre et n'a pu se présenter. Ma cliente est leur fille, Hallie, qui est en troisième année de collège avec moi.

Theo fit un geste vague en direction d'Hallie, qui était terrorisée, mais faisait aussi confiance à Theo.

Le juge sourit à Hallie. Puis il dit :

— Je vois que c'est la deuxième infraction.

— Oui, monsieur, dit Theo. La première infraction s'est produite il y a quatre mois et Mr Kershaw a réglé l'affaire à la fourrière.

— Et Rocky s'y trouve ?

— Oui, monsieur le juge.

— Vous ne pouvez nier le fait qu'il n'était pas en laisse, n'est-ce pas ?

— Non, mais je demande au tribunal d'annuler l'amende et les frais de fourrière.

— Pour quelle raison ?

— Monsieur le juge, les propriétaires ont pris toutes les mesures raisonnables pour empêcher leur chien de sortir. Comme à l'accoutumée, Rocky se trouvait en lieu sûr. La maison était verrouillée. L'alarme, branchée. Les grilles de derrière, fermées. Les propriétaires ont fait tout ce qui était possible pour empêcher sa fuite. Rocky a assez mauvais caractère et s'énerve souvent quand il reste seul. Il aime s'enfuir quand il sort de la maison. Ses propriétaires en sont conscients. Ils ne se montrent pas négligents.

Le juge réfléchit.

— C'est vrai, Hallie ? demanda-t-il.

— Oh ! oui, monsieur le juge. Nous faisons très attention à ce que Rocky ne sorte pas.

— C'est un chien très intelligent, Votre Honneur, reprit Theo. Il a réussi à passer par une chatière de la buanderie et s'est enfui dans l'arrière-cour où il a creusé un trou sous la clôture.

— Imaginez qu'il récidive.

— Ses propriétaires ont l'intention de renforcer la sécurité, monsieur le juge.

— Très bien. J'annule l'amende et les frais de fourrière. Mais si Rocky se refait prendre, je les doublerai. C'est compris ?

— Oui, Votre Honneur.

— Affaire jugée.

Dans le couloir qui les menait à la sortie, Hallie passa son bras sous le sien. Il ralentit l'allure instinctivement. Quel moment !

— Tu es un super-avocat, Theo, dit-elle.

— Pas vraiment. Pas encore.

— Pourquoi tu ne m'appellerais pas, un de ces jours ? demanda-t-elle.

Pourquoi ? C'était une bonne question. Sans doute parce qu'elle était trop occupée avec tous les autres garçons. Elle changeait de copain tous les deux mois. Il n'avait jamais pensé à l'appeler.

— Entendu, dit-il.

Mais il savait qu'il ne le ferait pas. Il ne se cherchait pas réellement une copine, et d'ailleurs April serait consternée s'il commençait à courir derrière une allumeuse comme Hallie.

Les filles, les procès pour meurtre, les témoins secrets. Tout à coup, la vie devenait très compliquée.

13.

Après de longs adieux avec Hallie, Theo revint sur terre. Il grimpa l'escalier quatre à quatre et déboula au balcon, où il retrouva Ike au premier rang. Il se glissa à son côté. Il était presque 17 heures.

Le témoin était l'agent d'assurance qui avait vendu la police d'un million de dollars aux Duffy il y avait juste deux ans. Clifford Nance lui faisait détailler ses affaires avec le couple. Il avait bien montré que deux contrats avaient été souscrits, l'un sur la vie de Mrs Myra Duffy, l'autre sur celle de Mr Peter Duffy. Tous deux se montaient à un million. Ces deux polices d'assurance remplaçaient les précédentes, d'une valeur de 500 000 dollars. Ces transactions n'avaient rien d'inhabituel. L'agent témoigna que c'était assez courant : un couple marié augmentant prudemment son assurance vie, pour se protéger en cas de décès prématuré. Les deux Duffy savaient exactement ce qu'ils faisaient et n'avaient pas hésité à souscrire ce contrat plus important.

Quand Clifford Nance en eut fini avec son interrogatoire direct, l'assurance vie d'un million de dollars parut beaucoup moins douteuse. Jack Hogan lança quelques flèches lors du contre-interrogatoire, mais en vain. Lorsque l'agent d'assurances eut terminé, le juge Gantry décida de lever l'audience pour la journée.

Pendant que tout le monde attendait, Theo regarda le jury sortir de la salle, puis l'équipe de la défense qui se regroupait autour de Pete Duffy en échangeant sourires satisfaits et poignées de main : encore une bonne journée. Ils paraissaient confiants. Omar Cheepe n'était pas là.

— Je ne veux pas parler ici, murmura Ike. Tu peux filer à mon bureau ?

— Bien sûr.

— Tout de suite ?

— Je te suis.

Dix minutes plus tard, ils se retrouvèrent dans le bureau d'Ike, porte fermée. Ike ouvrit un petit réfrigérateur derrière son bureau.

— J'ai du soda ou de la bière.

— De la bière, dit Theo.

Ike lui donna un soda et s'ouvrit une bière.

— Tu n'as pas beaucoup de choix, dit-il à Theo.

— Je m'en doutais.

— D'abord, tu peux ne rien faire. Demain, c'est vendredi, et la défense devrait en avoir terminé vers le milieu de l'après-midi. Selon les rumeurs, Pete Duffy témoignera en dernier. Le jury tranchera peut-être même d'ici la fin de l'après-midi. Si tu ne fais rien, le jury se retirera pour délibérer et réfléchir au verdict. Il peut le déclarer coupable, ou non coupable. Ou alors, il est possible que les jurés ne tombent pas d'accord. Ce serait un jury sans majorité.

Theo savait tout ça. Ces cinq dernières années, il avait assisté à bien plus de procès qu'Ike.

Son oncle poursuivit :

— Sinon, tu peux aller voir ce témoin mystérieux et tâcher de le convaincre de venir à la barre tout de suite.

Je ne suis pas sûr de ce que le juge Gantry ferait face à ce genre de témoignage, cela dit. Il n'a jamais vécu cette situation, sans doute, mais c'est un bon juge et il fera son devoir.

— Ce gars n'ira pas à la barre. Il a trop peur.

— D'accord. Ce qui nous mène à notre troisième choix. Tu peux quand même aller voir le juge et, sans lui révéler le nom de ton témoin…

— Je ne connais pas son nom.

— Mais tu sais qui il est, non ?

— Oui.

— Tu sais où il habite ?

— Le quartier. Je ne connais pas son adresse.

— Tu sais où il travaille ?

— Peut-être.

Ike dévisagea son neveu. Il prit une gorgée de bière et reprit :

— Comme je disais, sans révéler son identité, tu peux expliquer au juge qu'un témoin capital manque au procès et que son absence entraînera sans doute un verdict erroné. Le juge, bien sûr, voudra des détails. Qui est-il ? Où travaille-t-il ? Comment et pourquoi est-il devenu un témoin ? Qu'a-t-il vu au juste ?, etc. À mon avis, le juge Gantry te posera un millier de questions et, si tu n'y réponds pas, il pourrait se fâcher.

— Aucune de ces trois possibilités ne me plaît, dit Theo.

— À moi non plus.

— Alors, qu'est-ce que je devrais faire, Ike ?

— Laisser tomber, Theo. Ne va pas fourrer ton nez dans ce pétrin. Ce n'est pas pour les enfants. Ce n'est pas pour les grands, d'ailleurs. Le jury va prendre une décision erronée, mais fondée sur des éléments probatoires. Tu ne peux pas leur en vouloir. Le système ne fonctionne pas toujours, tu sais. Regarde tous les innocents qui ont été envoyés dans le couloir de la mort. Regarde les coupables qui s'en sortent. Les erreurs, ça arrive, Theo. Laisse tomber.

— Mais cette erreur-là n'est pas encore arrivée, et je peux l'empêcher.

— Je n'en suis pas sûr. Il est hautement improbable que le juge Gantry arrête un gros procès presque terminé parce qu'il entend parler d'un témoin potentiel. C'est beaucoup demander, Theo.

Cela ne semblait guère probable, dut reconnaître Theo.

— Tu as raison, j'imagine.

— Bien sûr que j'ai raison, insista Ike. Tu n'es qu'un gamin. Dégage de là.

— D'accord, Ike.

Il y eut un long silence pendant lequel ils ne se quittèrent pas des yeux. Chacun attendait que l'autre parle. Enfin, Ike demanda :

— Promets-moi de ne pas faire de bêtises.

— Par exemple ?

— D'aller voir le juge, par exemple. Je sais que vous êtes copains, tous les deux.

Un autre silence.

— Promets-moi, Theo.

— Je te promets que je ne ferai rien sans t'en parler d'abord.

— Ça me va.

Theo se leva d'un bond.

— Il faut que j'y aille. J'ai un tas de devoirs.

— Comment ça va, en espagnol ?

— Super.

— J'ai entendu dire que c'est quelqu'un, ta prof. Madame comment, déjà ?

— Madame Monique. Elle est très bien. Comment tu sais…

— Je me tiens au courant, Theo. Je ne suis pas l'ermite fou que tout le monde croit. Ils proposent déjà du chinois dans ton collège ?

— Plus tard, peut-être.

— Tu devrais commencer le chinois de ton côté. C'est la langue de l'avenir, Theo.

Une fois encore, Theo s'agaça que son oncle lui dispense si librement des conseils qu'il n'avait pas demandés et dont il n'avait certainement pas besoin.

— Je vais y réfléchir, Ike. Pour l'instant, j'ai ma dose.

— J'irai peut-être au procès, demain, dit son oncle. Ça m'a bien plu, aujourd'hui. Envoie-moi un SMS.

— Entendu, Ike.

Lorsque Theo fit son apparition peu après 18 heures, le cabinet de ses parents était silencieux. Elsa, Vince et Dorothy étaient partis depuis longtemps. Mrs Boone était à la maison, sans doute occupée à feuilleter un mauvais roman de plus. Son club de lecture se réunissait à 19 heures chez Mrs Esther Guthridge, pour dîner autour d'un verre de vin en discutant de presque tout, sauf du livre du mois. Le club comptait dix femmes au total, qui choisissaient les livres tour à tour. Theo n'arrivait pas à se rappeler le dernier qui avait plu à sa mère, ni même ceux qu'elle avait choisis. Tous les mois, elle se plaignait de celui qu'elle était censée lire. Curieuse façon d'organiser un club, voilà ce que pensait Theo.

Au moment où Theo entra dans le bureau de son père, celui-ci préparait sa mallette. Theo se demandait souvent pourquoi son père fourrait tant de livres et de dossiers dans son attaché-case et le traînait chez lui tous les soirs, comme s'il risquait de travailler jusqu'à minuit. Ce n'était pas le cas. Il ne travaillait jamais chez lui et ne touchait jamais à sa mallette, qui était toujours posée sous une table du salon, près de la porte d'entrée. Elle restait là toute la nuit, jusqu'au moment où Mr Boone partait prendre son petit déjeuner de bon matin avant d'aller au bureau, où il ouvrait la mallette, déversant son contenu sur son bureau dans une pagaille sans nom. Theo soupçonnait ce contenu d'être toujours le même : les mêmes livres, papiers et dossiers.

Il avait remarqué que les avocats se déplaçaient rarement sans mallette. Si, peut-être pour déjeuner. Sa mère transportait aussi la sienne à la maison, mais il lui arrivait de l'ouvrir et d'en lire quelques papiers.

— Ça s'est bien passé à l'école ? demanda Mr Boone.

— Super.

— Bien. Écoute, Theo, ta mère a son club de lecture ce soir. Je vais passer un moment chez le juge Plankmore. Il est vieux, il baisse à vue d'œil et il faut que je reste avec lui deux ou trois heures. Il est près de partir.

— Bien sûr, papa. Pas de problème.

Le juge Plankmore, âgé d'au moins quatre-vingt-dix ans, était mourant. C'était une légende dans le monde juridique de Strattenburg et la plupart des avocats l'adoraient.

— Il reste des spaghettis que tu peux réchauffer au micro-ondes.

— Ça ira, papa. Ne t'en fais pas. Je vais probablement rester ici à travailler une heure, puis je rentrerai. Je m'occuperai de Juge.

— Tu es sûr ?

— Pas de problème.

Theo se rendit dans son bureau et ouvrit son sac. Il essayait de se concentrer sur ses devoirs de chimie quand on frappa doucement à la porte. C'était Julio, pour la deuxième fois.

— On peut parler dehors ? demanda-t-il, très nerveux.

— Entre, dit Theo. Tout le monde est parti. On peut parler ici.

— Tu es sûr ?

— Oui. Qu'est-ce qui se passe ?

Julio s'assit. Theo ferma la porte.

— J'ai parlé à mon cousin il y a une heure. Il est très nerveux. Il y avait des policiers sur le terrain de golf aujourd'hui. Il pense que tu leur as parlé de lui.

— Allons, Julio ! Je n'en ai parlé à personne. Je te le jure.

— Alors, pourquoi il y avait des policiers ?

— Aucune idée. Ils voulaient parler à ton cousin ?

— Je ne crois pas. Quand il a vu la voiture de police, il a disparu.

— Les policiers portaient des uniformes ?

— Je crois.

— Ils conduisaient une voiture de patrouille ?

— Je crois.

— Écoute, Julio, je t'ai donné ma parole. Je n'en ai parlé à personne. Et si des policiers voulaient parler du meurtre à ton cousin, ils ne seraient pas en uniforme dans une voiture avec POLICE marqué sur les portières. Impossible. Ils seraient en civil, en veston-cravate, dans un véhicule banalisé.

— Tu es sûr ?

— Oui, j'en suis sûr.

— D'accord.

— Ton cousin devient très nerveux quand il voit des policiers, pas vrai ?

— Comme la plupart des sans-papiers.

— C'est ce que je voulais dire. Je n'en ai parlé à personne. Dis à ton cousin de se détendre.

— Se détendre ? C'est pas facile, quand on risque tous les jours de se faire arrêter.

— C'est vrai.

Julio était toujours nerveux. Il jetait des regards apeurés dans la petite pièce comme si quelqu'un les écoutait. Il y eut un long silence gêné : chacun attendait que l'autre parle. Enfin, Julio se lança :

— Autre chose.

— Quoi ?

Julio déboutonna sa chemise en tremblant et en sortant un sac de congélation transparent. Il le posa soigneusement sur le bureau de Theo, tel un cadeau qu'il ne voudrait plus jamais toucher. À l'intérieur du sac se trouvaient deux objets de couleur blanche, légèrement usés et rembourrés.

Des gants de golf.

— Mon cousin m'a donné ça, dit Julio. Deux gants de golf, portés par l'homme qu'il a vu entrer dans la maison où la dame a été tuée. Un pour la main droite, un pour la gauche. Celui de la main droite est neuf. Celui de la gauche a été utilisé.

Theo contempla les gants, bouche bée, incapable de parler.

— Où a-t-il trouvé…

— Quand l'homme est sorti de la maison, il a ôté ses gants et les a mis dans son sac de golf. Plus tard, au départ du quatorzième trou, il les a fourrés dans la poubelle près de la fontaine à eau. Mon cousin doit vider les ordures deux fois par jour. Il a vu l'homme et il a trouvé bizarre qu'il jette des gants en bon état.

— L'homme l'a vu ?

— Je ne crois pas. Sinon, je ne pense pas qu'il aurait laissé ces gants derrière lui.

— Et c'est l'homme qui est accusé de meurtre ?

— Oui. Mon cousin en est sûr. Il l'a vu à la télévision.

— Où est-ce qu'il a gardé ces gants ?

— Il y a des gars qui fouillent les poubelles. Mon cousin a pris les gants et, deux jours plus tard, il a commencé à avoir des soupçons. Il y a plein de rumeurs sur le terrain de golf, et on parlait beaucoup de la femme morte. Alors, mon cousin a caché les gants. Maintenant, il a peur et il croit que la police le surveille. Si on le trouve avec les gants, qui sait ? Il a peur d'avoir des ennuis.

— La police ne le surveille pas.

— Je le lui dirai.

Il y eut un long silence, puis Theo montra les gants (il n'osait toujours pas les toucher).

— Et qu'est-ce qu'on fait de ça ?

— Je ne les garde pas.

— C'est ce que je craignais.

— Tu sais quoi faire, pas vrai Theo ?

— Pas la moindre idée. Là, tu vois, je me demande comment j'ai pu me mettre dans un pétrin pareil.

— Tu ne peux pas les déposer au commissariat ?

Theo se mordit la langue pour ne pas répliquer de façon sarcastique ou cruelle. Comment Julio aurait-il pu comprendre le système ? Bien sûr, Julio, je vais courir au commissariat, donner au réceptionniste un sac avec deux gants de golf, lui expliquer qu'ils ont été portés par ce gentil monsieur qui est actuellement en procès pour avoir tué sa femme et qui d'ailleurs l'a effectivement tuée, parce que moi, Theo Boone, je connais la vérité, parce que, pour une raison ou pour une autre, j'ai parlé à un témoin capital dont personne d'autre ne connaît l'existence, et... s'il vous plaît, monsieur le réceptionniste, pouvez-vous porter ces gants à un enquêteur du service des homicides, mais sans lui dire d'où ils viennent.

Pauvre Julio.

— Non, ça ne marchera pas, Julio. La police posera trop de questions et ton cousin aura des ennuis. La meilleure chose à faire, c'est de reprendre ces gants et je ferai comme si je ne les avais jamais vus.

— Impossible, Theo. Ils sont à toi, maintenant.

Là-dessus, Julio se leva d'un bond, saisit la poignée de la porte et lâcha par-dessus son épaule :

— Tu as promis de ne rien dire, Theo.

— Bien sûr.

— Tu m'as donné ta parole.

— Bien sûr.

Julio disparut dans la nuit.

14.

Juge dévora son bol de spaghettis, mais Theo toucha à peine au sien. Il remplit le lave-vaisselle, ferma la porte et monta dans sa chambre où il mit son pyjama, prit son ordinateur et se coucha. April était en ligne. Ils discutèrent quelques minutes. Elle aussi était au lit, mais la porte de sa chambre verrouillée, comme toujours. Elle se sentait bien mieux. Elle était sortie manger une pizza avec sa mère et elles avaient même réussi à rire ensemble. Son père était en voyage, et cela rendait la vie plus facile. Theo et April se souhaitèrent bonne nuit. Theo ferma son ordinateur et ouvrit le dernier numéro de son magazine de sport. Impossible de lire. Impossible de se concentrer. Il était fatigué parce qu'il n'avait pas beaucoup dormi la nuit d'avant, et, malgré son inquiétude et même sa peur, il s'assoupit bientôt.

Mr Boone fut le premier à rentrer. Il monta les marches à pas de loup et entra dans la chambre de Theo. La porte grinça, comme d'habitude. Il alluma et sourit en voyant le spectacle paisible de son fils, dormant à poings fermés.

— Bonne nuit, Theo, chuchota-t-il en éteignant.

Le bruit de la porte qu'il refermait réveilla Theo. En quelques secondes, il se retrouva en train de contempler le plafond dans le noir, à penser aux gants de golf du meurtrier, cachés dans son bureau. Quelque chose le dérangeait profondément dans le conseil d'Ike : « dégage », fais comme si le témoin n'existait pas, laisse tranquillement le système judiciaire partir en vrille.

Pourtant, une promesse était une promesse, et Theo avait donné sa parole à Julio et à son cousin qu'il garderait le secret. Et s'il ne le gardait pas ? Et s'il pénétrait dans le bureau du juge Gantry tôt ce matin, jetait les gants sur son bureau et lui révélait tout ? Le cousin serait grillé. Il serait traqué par Jack Hogan et la police, et placé en détention. Son témoignage sauverait la mise à l'accusation. Un vice de procédure serait déclaré. Un nouveau procès serait programmé. Les journaux et la télévision ne parleraient que de ça. Le cousin deviendrait un héros, mais il serait aussi emprisonné comme immigré clandestin.

Mais ce cousin ne pouvait-il pas passer un marché avec la police et le procureur ? Comme ils avaient besoin de lui, est-ce qu'ils ne seraient pas prêts à le laisser filer ? Theo l'ignorait. Peut-être oui, peut-être non, mais c'était trop risqué.

Ensuite, il pensa à Mrs Duffy. Dans son dossier, il avait une coupure de journal avec une belle photo d'elle. C'était une très jolie femme, blonde aux yeux noirs, avec des dents parfaites. Imaginer ses dernières secondes, au moment où elle comprenait avec horreur que son mari – portant les deux gants de golf – n'était pas revenu pour une raison innocente, mais pour l'étrangler…

Le cœur de Theo battait la chamade. Il rejeta ses couvertures et s'assit sur son lit. Mrs Duffy n'avait que deux ans de moins que sa mère. Qu'éprouverait-il si sa mère était agressée de manière aussi sauvage ?

Si le jury déclarait Mr Duffy non coupable, il s'en sortirait, littéralement. Et il ne pourrait plus jamais être jugé pour ce crime. Theo connaissait par cœur la double incrimination : l'État ne pouvait rejuger quelqu'un si le jury le déclarait non coupable une première fois. Comme il n'y avait pas d'autres suspects, le meurtre resterait non résolu.

Mr Duffy toucherait son million de dollars. Il continuerait à jouer au golf. Il se trouverait sans doute une nouvelle jolie femme.

Theo s'enfonça sous ses couvertures et ferma les yeux. Il avait une idée. Après le procès, après l'acquittement de Mr Duffy, quand il serait sorti du tribunal, Theo attendrait quelques semaines, quelques mois, puis il lui enverrait les gants. Dans une enveloppe anonyme, peut-être, avec un mot qui dirait : « Nous savons que vous l'avez tuée. Nous vous surveillons. »

Pourquoi Theo ferait-il cela ? Il ne savait pas. Encore une idée stupide.

Ses pensées vagabondèrent. Il n'y avait pas de sang sur le lieu du crime, non ? Donc, il n'y en aurait pas sur les gants. Mais les cheveux ? Et si un cheveu minuscule de Mrs Duffy s'était pris dans l'un des gants ? Elle avait les cheveux plutôt longs – en tout cas assez pour lui arriver aux épaules. Theo n'avait pas osé ouvrir le sac plastique. Il n'avait pas touché aux gants, donc il ne savait pas ce qu'il pouvait y avoir dessus. Un simple cheveu prouverait encore davantage que c'était son mari qui l'avait tuée.

Theo tenta de se concentrer sur sa victoire spectaculaire au tribunal pour animaux, au nom d'Hallie, sa cliente et copine potentielle. Mais ses pensées revinrent sur le lieu du crime. Enfin, il se calma et s'endormit.

Marcella Boone rentra peu après 23 heures. Elle vérifia dans le réfrigérateur ce que Theo avait mangé.

Elle jeta un œil au lave-vaisselle. Elle discuta avec son mari qui lisait dans le bureau. Elle monta l'escalier et réveilla Theo pour la seconde fois en une heure. Mais il l'avait entendue venir et fit semblant de dormir pendant le rituel. Elle n'alluma pas la lumière ; elle ne l'allumait jamais. Elle l'embrassa sur le front en chuchotant : « Bonne nuit, mon chéri », puis elle sortit de la chambre.

Et une heure plus tard, Theo, parfaitement réveillé, se demandait s'il avait bien caché les gants.

Quand le réveil de son téléphone portable sonna à 6 h 30, Theo ne savait plus s'il était éveillé ou endormi, ou entre les deux ; il n'était pas sûr d'avoir fermé l'œil. Il était tout à fait réveillé, pourtant, mais fatigué et déjà maussade à l'idée d'une nouvelle longue journée. La responsabilité qu'il avait acceptée n'était pas de son âge.

Sa mère était devant la cuisinière – un endroit rare pour elle – à cuire des saucisses et des crêpes, chose qu'elle faisait deux fois par an. En temps normal, Theo mort de faim aurait été prêt à engloutir un énorme petit déjeuner. Il n'eut pas le cœur de lui dire qu'il n'avait plus d'appétit.

— Tu as bien dormi, Teddy ? lui demanda-t-elle en l'embrassant sur la joue.

— Pas vraiment, dit-il.

— Et pourquoi ? Tu as l'air fatigué. Tu n'es pas en train de tomber malade ?

— Non, ça va.

— Il te faut du jus d'orange. Prends-en dans le frigo.

Ils mangèrent en lisant les journaux du matin.

— On dirait que le procès va se terminer, dit-elle, ses lunettes de lecture sur le nez.

La mère de Theo commençait la plupart de ses vendredis par un passage rapide chez la manucure. Elle était encore en robe de chambre.

— Je ne l'ai pas suivi, dit Theo.

— Je ne te crois pas. Tu as les yeux rouges, Theo. Tu as l'air fatigué.

— Je t'ai dit que j'avais mal dormi.

— Et pourquoi ?

« Eh bien, papa m'a réveillé à 22 heures et tu m'as réveillé à 23 heures. » Mais Theo n'en voulait pas à ses parents. Il perdait le sommeil pour d'autres raisons.

— J'ai un contrôle important aujourd'hui, dit-il, ce qui n'était pas faux.

Mrs Garman les avait menacés d'un contrôle en géométrie.

— Tout ira bien, dit sa mère en se replongeant dans son journal. Mange ta saucisse.

Theo réussit à avaler assez de crêpes et de saucisses pour contenter sa mère. Il la remercia pour ce plantureux petit déjeuner, lui souhaita bonne journée dès qu'il put, dit au revoir, fit une caresse à Juge et partit à vélo. Dix minutes plus tard, il grimpait quatre à quatre l'escalier menant au bureau d'Ike, où son oncle irritable l'attendait – c'était sa deuxième réunion matinale en deux jours.

Ike semblait encore moins frais ce vendredi. Il avait les yeux plus rouges et bouffis que Theo, et n'avait pas même peigné ses cheveux gris hirsutes.

— J'espère que ça en vaut la peine, gronda-t-il.

— Oui, dit Theo planté devant son bureau.

— Assieds-toi.

— Je préfère rester debout.

— Comme tu veux. Alors ?

Theo lui raconta toute l'histoire de Julio et des deux gants de golf dans un sac plastique, à présent cachés au sous-sol derrière de vieux dossiers Boone & Boone tout au fond d'un vieux classeur métallique, où personne ne s'était aventuré depuis au moins une décennie. Theo n'oublia rien, sauf bien sûr l'identité de Julio et de son cousin. Quelques minutes plus tard, il avait fini.

Ike l'écoutait avec concentration. Il se gratta la barbe, se frotta les yeux, but son café et, quand Theo eut fini, il réussit à marmonner :

— Incroyable.

— Qu'est-ce qu'on va faire, Ike ? demanda Theo, désespéré.

— Je ne sais pas. Les gants doivent être examinés par le labo. Il pourrait y avoir de petits échantillons de peau, celle de Mrs Duffy, ou de cheveux, il pourrait même y avoir de l'ADN de la transpiration de Mr Duffy.

Theo n'avait pas pensé à la transpiration.

— Ces gants pourraient être un élément essentiel, dit Ike, réfléchissant à haute voix.

— On ne peut pas rester là à ne rien faire, Ike.

— Pourquoi tu les as gardés ?

— Je ne les ai pas vraiment gardés, tu comprends ? C'est plutôt mon ami qui les a laissés. Il a peur. Son cousin a vraiment peur. Moi aussi, j'ai peur. Qu'est-ce qu'on va faire ?

Ike s'étira.

— Tu vas au collège ?

« Qu'est-ce que je pourrais faire d'autre un vendredi matin ? »

— Bien sûr. Je suis déjà en retard.

— Va au collège. J'irai voir le procès. Je réfléchirai à un plan et je t'enverrai un SMS tout à l'heure.

— Merci, Ike. C'est toi le meilleur.

— Ça, j'en sais rien.

Theo arriva à l'appel avec cinq minutes de retard, mais Mr Mount était de bonne humeur et la classe n'était pas encore prête. Quand il vit Theo, il le prit à part.

— Dis, Theo, je me disais que tu pourrais nous donner des nouvelles du procès. Plus tard, en classe d'éducation civique.

La dernière chose que voulait Theo, c'était parler du procès, mais il ne pouvait pas dire non à Mr Mount. En outre, Mr Mount était connu pour ne pas trop préparer ses cours le vendredi, et il avait besoin de Theo pour boucher les trous.

— Bien sûr, dit Theo.

— Merci. Juste une mise à jour, un quart d'heure environ. Ce sera le tour du jury aujourd'hui, n'est-ce pas ?

— Probablement.

Theo s'assit. Mr Mount fit l'appel et lut quelques annonces, la routine. La fin de la première heure sonna, et les garçons se dirigèrent vers la sortie. Woody, un camarade de Theo, le suivit dans le couloir et le rattrapa près des casiers. Rien qu'en voyant son visage, Theo sut qu'il avait un problème.

— Theo, j'ai besoin d'aide, chuchota Woody en jetant un regard inquiet autour de lui.

La vie familiale de Woody était chaotique. Ses parents en étaient à leur deuxième ou troisième mariage et ne s'occupaient pas beaucoup de lui. Il jouait de la guitare dans un mauvais groupe de garage, il fumait déjà, s'habillait comme un fugueur, et, d'après la rumeur, arborait un petit tatouage sur le derrière. Theo, comme tous les autres, était curieux de ce tatouage, mais n'avait aucun désir de vérifier cette rumeur. Malgré tout, Woody avait encore de bonnes notes.

— Qu'est-ce qui se passe ? demanda Theo.

Il voulait vraiment faire comprendre à Woody que c'était le dernier moment pour lui demander des conseils juridiques gratuits. Il avait bien trop de problèmes en tête.

— Tu seras discret ? demanda Woody.

— Bien sûr, dit Theo.

« Et un secret de plus. Super. Juste ce qu'il me faut », pensa Theo.

Hallie passa, ralentit un instant, décocha un beau sourire à Theo, puis vit qu'il était occupé. Elle disparut.

— Mon frère a été arrêté la nuit dernière, Theo, dit Woody au bord des larmes. La police est venue chez nous après minuit, et elle l'a embarqué menotté. C'était horrible. Il est en prison.

— Quelle est l'inculpation ?

— La drogue. Possession de marijuana, peut-être vente.

— Il y a une grosse différence entre la possession et la vente.

— Tu peux nous aider ?

— J'en doute. Quel âge a-t-il ?

— Dix-sept ans.

Theo connaissait le frère de réputation, et elle n'était pas bonne.

— C'est sa première infraction ? demanda-t-il, tout en se doutant que la réponse serait non.

— Il s'est fait arrêter pour possession de drogue l'an dernier. C'était sa première fois. Il s'en est tiré avec une réprimande.

— Tes parents doivent engager un avocat, Woody. C'est aussi simple que ça.

— Rien n'est simple. Mes parents n'ont pas l'argent et, même s'ils l'avaient, ils ne le dépenseraient pas pour un avocat. C'est la guerre à la maison, Theo. Les enfants contre les parents, et on ne fait pas de quartier. Mon beau-père s'engueule tout le temps avec mon frère à propos de cette histoire de drogue, et il lui a promis dix mille fois que si les flics l'arrêtaient, il ne viendrait pas l'aider.

La cloche sonna. Le couloir se vida.

— D'accord, dit Theo. Viens me chercher à la récré. Je n'ai pas grand-chose à te proposer, mais je ferai ce que je peux.

— Merci, Theo.

Theo fila au cours de Mrs Monique. Il s'assit, ouvrit son sac et se rappela qu'il n'avait pas fait ses devoirs. À cet instant précis, il ne s'en souciait plus vraiment. À cet instant, il était reconnaissant de vivre dans une maison calme et agréable en compagnie de parents super qui élevaient rarement la voix. Pauvre Woody.

Et puis il repensa aux gants.

15.

Pendant la géométrie, tandis que Mrs Garman faisait encore des allusions au contrôle à venir et que Theo regardait le mur en luttant contre le sommeil, le haut-parleur grésilla soudain au-dessus de la porte, faisant sursauter la classe.

— Mrs Garman, Theo Boone est-il en classe ? demanda miss Gloria de sa voix de crécelle.

C'était la secrétaire du collège depuis des temps immémoriaux.

— Oui, répondit Mrs Garman.

— Merci de me l'envoyer. Il doit sortir.

Theo prit ses affaires et les fourra dans son sac. Au moment où il allait sortir, Mrs Garman lui dit :

— Si nous faisons un contrôle, Theo, tu pourras le rattraper lundi.

« Trop aimable », pensa Theo – qui se força à dire :

— J'ai hâte.

— Passe un bon week-end, Theo.

— Vous aussi.

Il se retrouva aussitôt dans le couloir et se demanda qui venait le chercher, et pourquoi. Peut-être sa mère s'inquiétait-elle de ses yeux rouges et de son air fatigué, et avait-elle décidé de l'emmener chez le médecin. Sans doute pas. Elle n'était pas du genre à s'affoler et, en général, n'appelait pas le médecin avant que Theo soit mourant. Peut-être que son père avait changé d'avis et décidé de permettre à Theo d'assister au dernier jour du procès. Sans doute pas. Woods Boone vivait, comme toujours, dans un autre monde.

Peut-être que c'était bien pire. Quelqu'un, quelque part, l'avait dénoncé et la police l'attendait avec un mandat de perquisition pour chercher les gants. Ses secrets seraient révélés et lui, Theo Boone, aurait de graves ennuis.

Il ralentit. Il regarda par la baie vitrée du couloir qui donnait sur l'entrée du collège. Aucune voiture de police. Tout semblait calme. Il reprit sa marche, encore plus lentement.

Ike l'attendait. Il bavardait avec miss Gloria quand Theo entra dans le bureau.

— Ce monsieur dit qu'il est ton oncle, dit miss Gloria en souriant.

— J'en ai peur, dit Theo.

— Et vous devez aller à un enterrement à Weeksburg ?

Ike adressa à Theo un regard implorant. Theo hésita un instant, puis dit :

— Oui… j'ai horreur des enterrements.

— Et tu ne reviendras pas aujourd'hui ? demanda la secrétaire en prenant son registre.

— Non, l'enterrement est à 13 h 30, dit Ike. Cela va lui tuer sa journée.

— Signe ici, dit miss Gloria.

Theo signa et ils sortirent. La voiture d'Ike était une Triumph Spitfire, un cabriolet à deux places, vieux d'au moins trente ans et d'un entretien douteux. Comme tout dans la vie d'Ike, il tenait à peine le coup et avait de la chance de fonctionner encore.

Une rue plus loin, Theo dit à son oncle :

— Un enterrement, hein ? Pas mal.

— Hé, ça a marché.

— Et où on va ?

— Tu es venu me demander mon aide. Mon conseil, c'est d'aller au cabinet Boone & Boone, de réunir tes parents et de tout leur dire.

Theo inspira profondément. Il n'avait rien à objecter. Tous ces problèmes devenaient trop compliqués pour lui.

Ils déboulèrent dans l'entrée, surprenant Elsa. Elle se leva d'un bond.

— Il se passe quelque chose ?

— Bonjour, Elsa, dit Ike. Toujours aussi exotique.

Elle portait un polo couleur citrouille, avec lunettes et orange à lèvres assortis.

Sans prêter attention à Ike, elle se tourna vers Theo et lui demanda :

— Qu'est-ce que tu fais ici ?

— Je suis venu pour l'enterrement, répliqua Theo en se dirigeant vers la bibliothèque.

— Vous pourriez faire venir Woods et Marcella ? demanda Ike à Elsa. Nous allons tenir une réunion de famille dans la bibliothèque.

En temps normal, Elsa n'aurait guère apprécié qu'on lui donne des ordres, mais elle savait que c'était sérieux. Par chance, Mrs Boone se trouvait dans son bureau, seule, et Mr Boone était au premier, à ranger ses papiers. Ils se rendirent en hâte à la bibliothèque. Dès que Ike eut fermé la porte, Mrs Boone demanda à Theo : « Tout va bien ? », et Mr Boone : « Qu'est-ce qui se passe ? Pourquoi tu n'es pas au collège ? »

— Détendez-vous, dit Ike. On va tous prendre un siège, nous avons des choses à discuter.

Ils obéirent. Les parents de Theo le regardaient comme s'il avait commis un crime.

— Alors, reprit Ike, laissez-moi parler d'abord, puis je la bouclerai et je laisserai Theo s'exprimer. Ce mercredi, avant-hier, Theo a discuté avec l'un de ses amis du collège. Cette discussion en a entraîné une autre, et Theo a reçu des informations qui pourraient jouer un rôle essentiel dans le procès de Pete Duffy. En bref, il y a un témoin, un témoin que personne ne connaît. Ni la police, ni le procureur, ni la défense, personne sauf Theo et son ami. Theo ne savait pas quoi faire, donc il est venu me trouver. Je ne suis pas sûr non plus de ce qu'il faut faire, donc nous voici.

— Pourquoi tu ne nous l'as pas dit, Theo ? demanda sèchement Mrs Boone.

— Il vous le dit, là, répliqua Ike.

— J'avais peur, dit Theo. J'ai toujours peur, d'ailleurs. En plus, j'ai promis à cet ami de n'en parler à personne.

— Que sait ce témoin ? demanda Mr Boone.

Ike et Theo échangèrent un regard. « Vas-y », sembla lui dire son oncle. Theo s'éclaircit la voix :

— Eh bien, ce témoin se trouvait dans un bosquet près de la maison Duffy au moment du meurtre. Il a vu Mr Duffy arriver dans une voiturette de golf, enlever ses chaussures, enfiler un gant à la main droite, entrer dans la maison, et en ressortir quelques minutes plus tard. C'était au moment du meurtre. L'homme a remis ses chaussures, fourré ses gants dans son sac, et il est reparti en vitesse comme si de rien n'était.

— Comment sais-tu que c'était au moment du meurtre ? demanda Mrs Boone.

— Le médecin légiste a témoigné qu'elle était morte vers 11 h 45. Le témoin était en pause déjeuner – à partir de 11 h 30.

— Et Mr Duffy n'a jamais vu ce témoin ? demanda Mr Boone.

— Non. Le témoin était caché dans un bosquet, en train de déjeuner. Il travaille sur le terrain de golf.

— Tu connais son nom ?

— Non, mais je sais qui c'est.

— Tu lui as parlé ?

— Oui.

— Où ça ?

Theo avait l'impression d'être un témoin en train de subir un contre-interrogatoire. Il hésita, et Ike intervint :

— Il préférerait ne pas divulguer le nom du témoin ni de son ami, et, si vous posez trop de questions, leur identité deviendra évidente.

— J'ai promis, supplia Theo. En fait, j'ai promis de ne rien dire à personne. Je ne sais pas quoi faire.

— Et donc, il est d'abord venu me voir, ajouta Ike. Pour me demander conseil. Il ne voulait pas vous déranger, mais il y a encore autre chose. Pas vrai, Theo ?

Les parents de Theo le fusillaient du regard. Theo s'agita sur sa chaise.

— Vas-y, Theo, dit Ike.

— On t'écoute, dit Mr Boone.

Theo leur parla des gants.

— Et tu les as en ta possession ? demanda Mrs Boone quand il eut fini.

— Oui.

— Où sont-ils, à présent ?

— En bas, cachés derrière un classeur de vieux dossiers de divorce.

— Ici, en bas ? Dans notre cabinet ?

— Oui, maman. Ici. Au sous-sol.

— Grand Dieu, siffla Mr Boone.

Il y eut un long silence pendant lequel les quatre Boone réfléchirent à la situation, essayant de déterminer quelles lois et quelles procédures pourraient s'appliquer à ces circonstances inhabituelles. Theo en avait dit plus qu'il ne le souhaitait, mais il était soulagé d'avoir partagé son fardeau. Ses parents sauraient quoi faire. Ike les aiderait aussi. Sûrement que trois adultes pouvaient trouver une solution.

— D'après les journaux, le procès pourrait se terminer aujourd'hui, dit Mrs Boone.

— Je reviens de l'audience, précisa Ike. Mr Duffy doit passer à la barre cet après-midi, et c'est le dernier témoin. Après les conclusions, le jury délibérera.

— Selon les rumeurs au café ce matin, le juge Gantry tiendra audience demain, jusqu'à la délibération du jury, dit Mr Boone.

— Un samedi ?

— C'est ce qu'on dit.

Un autre long silence s'ensuivit. Mrs Boone regarda son fils et dit :

— Eh bien, Theo, qu'est-ce que tu proposes à présent ?

Theo espérait que les adultes sauraient quoi faire. Il hésita, puis :

— Il me semble que le mieux, c'est de révéler toute cette histoire au juge Gantry.

— Je suis d'accord, dit Mrs Boone dans un sourire.

— Moi aussi, dit Ike.

Son père n'était pas d'accord, ce qui n'étonna guère Theo.

— Et si on va trouver le juge Gantry, dit Mr Boone, et qu'il fait pression sur Theo pour avoir le nom ou l'identité du témoin ? Et que Theo refuse de le dire ? Le juge Gantry pourrait bien l'inculper d'entrave à la bonne marche de la justice.

— Qu'est-ce que c'est, exactement ? hasarda Theo.

— Des ennuis, dit son père.

— Le juge pourrait te jeter en prison et t'y laisser jusqu'à ce que tu lui donnes ce qu'il veut, fit Ike avec un vilain sourire, comme s'il trouvait ça drôle.

— J'aimerais mieux ne pas aller en prison, dit Theo.

— Ne sois pas ridicule, Woods, lança la mère de Theo. Henry Gantry ne ferait pas ça à Theo.

— Je n'en suis pas si sûr, riposta Woods. Tu as un témoin capital qui pourrait changer l'issue du procès, et tu as une personne, une seule, qui le connaît. Cette personne, c'est Theo et, s'il refuse d'obéir au juge, alors le juge pourrait se fâcher. Je ne pourrais pas lui en vouloir.

— Je n'ai aucune envie d'aller en prison, dit Theo.

— Tu n'iras pas en prison, le rassura Mrs Boone. Aucun juge sain d'esprit n'enfermerait un innocent de treize ans.

De nouveau un long silence.

Enfin, Mr Boone demanda :

— Theo, que se passerait-il si l'identité de ce témoin était révélée ?

— C'est un immigré clandestin, papa. Il n'est pas censé être ici, et il a peur. Si la police apprend son nom et qu'elle le trouve, alors, il ira en prison et tout ça sera ma faute. S'ils ne l'attrapent pas, il disparaîtra.

— Alors, ne nous dis pas qui c'est, intervint Mrs Boone.

— Merci, maman. Je n'en avais pas l'intention.

— N'en parle à personne.

— Compris. Mais à présent, vous savez que c'est un immigré clandestin et qu'il travaille sur le parcours de golf. Il ne sera pas difficile à trouver.

— Et comment est-ce que tu l'as connu ? demanda Mr Boone.

— Il a un cousin au collège, et ce cousin est venu me demander de l'aide.

— Comme tous les autres jeunes du collège, commenta Ike.

— Pas tous, mais la plupart.

Tout le monde inspira profondément, puis Mr Boone sourit à Theo.

— C'est la famille du foyer, pas vrai ? Julio, ton ami, le gamin à qui tu donnes des cours de maths ? Et sa mère, comment s'appelle-t-elle, Marcella ?

— Carola.

— Carola, c'est ça. Je lui ai parlé plusieurs fois. Elle a deux enfants plus jeunes, et Julio. Ils sont du Salvador. Le témoin mystérieux, c'est le cousin de Julio. C'est ça, Theo ?

Theo acquiesça.

— Oui, papa, tu as compris.

Bizarrement, Theo se sentait soulagé. Il n'avait trahi personne – et il fallait bien que quelqu'un sache la vérité.

16.

Theo se dirigeait vers le tribunal avec ses parents et Ike. C'était la première fois qu'il y allait à contrecœur. D'habitude, il était ravi d'y être, de voir les greffiers et les avocats vaquer à leurs affaires importantes, de contempler le vaste hall de marbre avec son vieux lustre et ses portraits imposants de juges disparus. Il avait toujours adoré le tribunal, mais tout sentiment d'affection avait disparu à cet instant. Theo avait peur de ce qui risquait d'arriver – même s'il n'en avait aucune idée.

Ils montèrent d'un pas vif au premier, devant la porte fermée et gardée de la salle d'audience. Un huissier nommé Snodgrass les informa que la séance avait commencé et qu'il n'ouvrirait pas la porte avant la prochaine pause. Ils se rendirent donc jusqu'au bureau de l'Honorable Henry L. Gantry, dont la secrétaire, Mrs Irma Hardy, tapait un document à leur arrivée.

— Bonjour, Irma, dit Mrs Boone.

— Oh ! bonjour, Marcella, et Woods, et oh ! bonjour, Theo.

Mrs Hardy se leva et ôta ses lunettes, se demandant visiblement pourquoi la famille Boone faisait irruption chez elle au grand complet. Elle jeta un regard soupçonneux à Ike, comme si leurs chemins s'étaient croisés il y a longtemps dans des circonstances peu agréables. Ike portait un jean, des tennis blanches et un T-shirt, mais, heureusement, il avait mis une vieille veste marron qui lui donnait un minimum de crédibilité.

— Ike Boone, dit-il en lui tendant la main. Le frère de Woods et l'oncle de Theo. J'étais avocat par ici, dans le temps.

Mrs Hardy afficha un sourire forcé, comme si elle se rappelait son nom, et lui serra la main.

La mère de Theo attaqua :

— Écoutez, Irma, nous avons une question urgente à discuter avec le juge Gantry. Je sais qu'il siège en ce moment, c'est le procès Duffy, et… en fait, c'est pour ça que nous sommes là. Nous devons absolument lui parler, j'en ai peur.

Mr Boone enfonça le clou :

— À quelle heure le juge s'arrête-t-il pour déjeuner ?

— Vers midi, en général, mais il doit retrouver tous les avocats à déjeuner, répondit Mrs Hardy en les regardant l'un après l'autre. Le juge est un homme très occupé, vous savez.

Theo jeta un œil à la grande horloge murale derrière la secrétaire. Il était 11 h 10.

— Il est impératif que nous voyions le juge dès que possible, dit Mrs Boone, un peu trop agressivement pour Theo – mais après tout, elle était avocate, spécialisée dans les divorces, et peu connue pour sa timidité.

Malheureusement, Mrs Hardy se trouvait sur son propre terrain et n'était pas du genre à se laisser malmener.

— Eh bien, ce pourrait être utile de me dire ce qui se passe, répondit-elle.

— Je crains que ce ne soit confidentiel, dit Mr Boone d'un ton sévère.

— Cela nous est vraiment impossible, Irma, je suis désolée, ajouta Mrs Boone.

Mrs Hardy leur désigna les quelques sièges de la pièce, sous d'autres portraits de juges disparus.

— Vous pouvez attendre ici. J'informerai le juge dès qu'il s'arrêtera pour déjeuner.

— Merci, Irma, dit Mrs Boone.

— Merci, dit Mr Boone.

Tout le monde respira, sourit, et les Boone s'éloignèrent.

— Pourquoi tu n'es pas à l'école, Theo ? demanda Mrs Hardy.

— C'est une très longue histoire, dit-il. Je vous la raconterai un jour.

Les quatre Boone allèrent s'asseoir et, quinze secondes plus tard, Ike s'en alla, grommelant qu'il partait fumer. Mrs Boone prit son téléphone portable et vérifia un problème urgent avec Elsa au cabinet. Mr Boone parcourait un document de travail.

Theo se rappela Woody et l'arrestation de son frère. Il sortit son ordinateur de son sac et commença à fouiller le registre du tribunal. Cette information n'était pas accessible au public sur Internet, mais Theo, comme d'habitude, utilisait le code d'accès du cabinet Boone pour trouver ce qu'il voulait.

Tony, le frère de Woody, se trouvait au Centre fermé pour mineurs, le nom chic de la prison où l'on enfermait les gens âgés de moins de dix-huit ans. Tony était inculpé de possession de marijuana dans un but de revente, une infraction passible de dix années de prison au maximum. Comme il avait dix-sept ans, il pourrait sans doute passer un marché avec le procureur pour plaider coupable, et purger ainsi deux ans dans un centre pour mineurs. En supposant, bien sûr, qu'il accepte de plaider coupable. Dans le cas contraire, il se retrouverait face à un jury, et encourrait une peine bien plus longue. Dans les affaires de drogue, moins de 2 % des mineurs passaient en procès.

Si les parents et les beaux-parents refusaient d'aider Tony, comme Woody l'avait dit, alors, on lui assignerait un avocat commis d'office. À Strattenburg, ils étaient excellents et traitaient ce genre d'affaires quotidiennement.

Theo résuma tout cela dans un e-mail qu'il expédia à Woody. Il transmit un autre message à Mr Mount pour expliquer qu'il n'était pas au collège et qu'il raterait son cours. Enfin, il envoya un bonjour rapide à April.

L'horloge semblait arrêtée. Mrs Hardy tapait son texte. Tous les juges disparus semblaient écraser Theo du regard ; nul sourire sur leurs visages sombres et soupçonneux, comme s'ils lui demandaient : « Qu'est-ce que tu fais ici, petit ? » Son père téléphonait dans le couloir pour une affaire immobilière urgente. Sa mère pianotait sur son ordinateur portable comme si sa vie en dépendait. Ike était encore quelque part à souffler sa fumée par la fenêtre.

Theo partit faire un tour. Il monta un étage et s'arrêta au bureau des affaires familiales dans l'espoir de trouver Jenny, mais elle n'était pas là. Il poussa jusqu'au tribunal pour animaux, mais la salle était déserte. Puis il monta un vieil escalier sombre, que personne n'utilisait et dont peu de gens connaissaient encore l'existence ; il longea en silence un couloir mal éclairé au deuxième étage qui menait à une pièce oubliée, l'ancienne bibliothèque juridique du comté. Elle servait désormais de débarras, et était remplie de boîtes de vieux actes notariés et d'ordinateurs obsolètes. Une épaisse couche de poussière la recouvrait : Theo laissa des empreintes de pas en s'avançant sur la pointe des pieds. Il ouvrit la porte d'un petit placard, puis la referma derrière lui. Il faisait tellement noir à l'intérieur qu'il ne distinguait pas ses mains. Par une fissure du plancher, Theo voyait la salle d'audience en contrebas. Il apercevait les têtes des jurés.

Ce magnifique point d'observation, Theo l'avait découvert un an plus tôt, lorsqu'une victime de viol avait témoigné dans une affaire si horrible que le juge Gantry avait fait évacuer la salle. Son témoignage avait rendu Theo malade, et il avait regretté un millier de fois d'avoir espionné ce procès. La fissure était invisible depuis la salle d'audience : elle se trouvait juste au-dessus d'un épais rideau de velours qui surplombait le jury.

L'un des partenaires de golf de Mr Duffy se trouvait à la barre. Theo l'entendait mal, mais il parvint à saisir l'essentiel. Le témoin expliquait que Mr Duffy était un golfeur très sérieux, acharné et déterminé à s'améliorer, qui, depuis de nombreuses années, préférait jouer seul. Ce n'était pas inhabituel. De nombreux golfeurs, en particulier les plus rigoureux, aimaient pratiquer seuls.

La salle était bondée. Theo ne voyait pas le balcon, mais il devait être plein aussi. Il distinguait à peine le haut du crâne de Mr Duffy, assis au milieu de ses avocats à la table de la défense. Il semblait confiant, presque certain que le procès tournait en sa faveur et que le jury le déclarerait non coupable.

Theo regarda quelques minutes, puis les avocats se mirent à crier et il sortit silencieusement du placard. Au milieu de l'escalier, il perçut un mouvement sur le palier du dessous. Quelqu'un se trouvait là, caché dans l'ombre. Theo se figea et sentit une odeur de brûlé.

L'homme fumait une cigarette, ce qui était interdit, puisqu'ils étaient toujours à l'intérieur du bâtiment. L'inconnu lâcha une énorme bouffée puis s'avança. C'était Omar Cheepe, avec son imposant crâne luisant et son regard noir. Il leva les yeux vers Theo, puis s'en alla en silence.

Theo ne savait pas s'il avait été suivi, ou si l'escalier était l'un des fumoirs d'Omar Cheepe. Il y avait des mégots de cigarettes partout. Peut-être que d'autres personnes allaient y fumer en cachette. Pourtant, une petite voix lui disait que cette rencontre n'était pas un hasard.

Il était presque 13 heures quand le juge Gantry ouvrit brutalement la porte de son bureau et marcha droit sur les Boone, assis comme des enfants polissons attendant dans le bureau du directeur. Sans robe ni veste, juste une chemise blanche aux manches retroussées, la cravate défaite, le juge avait l'air d'un homme croulant sous le travail. Il ne souriait pas. Il était manifestement irrité.

Les Boone se levèrent d'un bond. Il n'y eut ni « bonjour » ni salutations d'aucune sorte. Le juge Gantry se contenta de dire :

— J'espère que ça en vaut la peine.

Mr Boone réussit à parler le premier :

— Désolé, monsieur le juge. Nous savons ce qui se passe en ce moment, et nous sommes bien conscients de la pression que vous subissez.

— Toutes nos excuses, Henry, se dépêcha d'ajouter Mrs Boone. Mais c'est une question cruciale, qui peut avoir des conséquences pour le procès.

En l'appelant « Henry » au lieu de « monsieur le juge », Mrs Boone avait réussi à calmer les choses. La mauvaise humeur du juge ne semblait pas l'intimider le moins du monde.

— Cinq minutes, pas plus, ajouta-t-elle en prenant son sac.

Le juge Gantry fusilla Theo du regard comme s'il venait de tuer quelqu'un, puis se tourna vers Ike, et lui dit avec un sourire fugitif :

— Bonjour, Ike. Ça fait longtemps.

— C'est vrai, Henry, répondit Ike.

Le sourire disparut. Le juge Gantry annonça :

— Vous avez cinq minutes.

Ils le suivirent en hâte dans son bureau. Theo jeta un regard à Mrs Hardy juste avant de fermer la porte. Elle continuait à pianoter sur son clavier, comme si elle ne prêtait aucune attention à ce qui allait se dire. D'ici une demi-heure, elle saura tout, se dit Theo.

Les quatre Boone s'assirent en rang à une longue table de travail, installée dans un coin de l'immense bureau. Le juge Gantry leur faisait face. Theo était entre ses parents. Il se sentait très nerveux, mais aussi protégé.

Sa mère attaqua :

— Henry, nous avons des raisons de croire qu'il existe un témoin du meurtre de Myra Duffy. Un témoin qui se cache. Un témoin inconnu de la police, du procureur, et certainement de la défense.

— Puis-je savoir pourquoi Theo se retrouve mêlé à cela ? demanda le juge en haussant les sourcils. Il me semble qu'il devrait être à l'école, à cette heure. Ce n'est pas vraiment la place d'un enfant.

Tout d'abord, Theo aurait réellement préféré être à l'école à ce moment précis. Ensuite, l'usage du mot « enfant » l'agaça. Il déclara donc :

— Parce que, monsieur le juge, c'est moi qui connais le témoin. Eux non, mais moi oui.

Le juge Gantry avait les yeux rouges et semblait très fatigué. Il poussa un long et impressionnant soupir, comme un tuyau se libérant enfin d'une pression excessive. Les rides profondes de son front se détendirent. Il demanda :

— Et quel est ton rôle dans tout ceci, Ike ?

— Oh ! moi, je ne suis que l'avocat de Theo.

Ike se croyait drôle, mais son humour échappa aux autres.

Il y eut un silence, puis le juge reprit :

— Très bien, commençons par le commencement. J'aimerais savoir ce que ce témoin prétend avoir vu. Qui peut me le dire ?

— Moi, dit Theo, mais j'ai promis de ne pas révéler son nom.

— À qui l'as-tu promis ?

— Au témoin.

— Donc, tu as parlé à ce témoin ?

— Oui, monsieur le juge.

— Et tu penses qu'il dit la vérité ?

— Oui, je le pense, monsieur le juge.

Nouveau soupir.

— Très bien, Theo. Je t'écoute. Ne sois pas trop long, s'il te plaît.

Theo raconta son histoire.

Le silence régnait dans la pièce. Le juge Gantry tendit lentement la main vers le téléphone, appuya sur un bouton et dit :

— Mrs Hardy, veuillez informer l'huissier que j'aurai trente minutes de retard. Que les jurés restent dans leur pièce.

— Oui, monsieur, répondit Mrs Hardy avec vivacité.

Le juge s'enfonça dans son fauteuil. Les quatre Boone avaient les yeux fixés sur lui, mais il évitait leur regard.

— Et tu as les gants ? demanda-t-il d'un ton beaucoup plus calme.

— Ils sont à notre cabinet, intervint Mr Boone. Nous serons heureux de vous les remettre.

— Non, non. Pas maintenant, en tout cas. Plus tard peut-être, ou bien jamais. Laissez-moi réfléchir un instant, c'est tout.

Là-dessus, il se leva lentement et se dirigea vers la fenêtre derrière son bureau massif, à l'autre bout de la pièce. Il resta là un moment à regarder au-dehors, même s'il n'y avait pas grand-chose à voir. Il semblait avoir oublié qu'au bout du couloir se trouvait une salle pleine de gens qui l'attendaient tous nerveusement.

— J'ai été bien ? chuchota Theo à sa mère.

Elle sourit et lui tapota le bras.

— Bien joué, Teddy. Souris.

Le juge revint s'asseoir. Il regarda Theo et lui demanda :

— Pourquoi cette personne ne veut-elle pas se présenter ?

Theo hésita : s'il en disait trop, il risquait de compromettre l'anonymat du cousin. Ike vint à son aide :

— Monsieur le juge, le témoin est un immigré clandestin, comme il y en a beaucoup par ici. Il a peur, et on ne peut pas lui en vouloir. Au moindre problème, il disparaîtra dans la clandestinité et nous ne le reverrons jamais.

Theo ajouta :

— Il pense que s'il témoigne, il sera arrêté.

— Et Theo lui a promis qu'il n'en parlerait à personne, ajouta Ike.

— Mais Theo pense qu'il est important d'informer le tribunal : il manque un témoin capital à ce procès, précisa Mr Boone.

— Tout en protégeant l'identité du témoin, conclut Mrs Boone.

— C'est bon, c'est bon, dit le juge.

Il consulta sa montre.

— Je ne peux pas arrêter le procès à ce stade. Le jury est presque prêt à commencer ses délibérations. Si un témoin surprise apparaissait maintenant, il serait difficile d'arrêter le procès pour lui permettre d'aller à la barre. D'ailleurs, ce n'est même pas un témoin surprise, mais un témoin fantôme. Je ne peux pas arrêter le procès.

Les mots résonnèrent dans la pièce et retombèrent lourdement sur la table. Theo ne pensait plus qu'à Mr Duffy, assis au milieu de ses avocats, content de lui et sûr de s'en tirer après son meurtre.

— Monsieur le juge, je peux faire une suggestion ? demanda Ike.

— Bien sûr, Ike. Toute aide est la bienvenue.

— D'après les rumeurs, vous allez continuer le procès demain, samedi, dans l'attente du verdict.

— C'est exact.

— Pourquoi ne pas renvoyer le jury chez lui jusqu'à lundi, comme pour la plupart des procès ? Vous le ramenez lundi matin pour les délibérations. C'est un procès, pas une urgence médicale. Ce n'est pas si pressé.

— Quel est le plan, alors ?

— Je n'en ai pas. Mais cela nous donnerait du temps pour réfléchir à ce témoin, et peut-être trouver un moyen de l'aider. Je ne sais pas. Simplement, il me semble qu'il faut éviter un verdict trop hâtif… en particulier un verdict qui pourrait être erroné.

— Erroné ?

— Oui. J'ai assisté à une partie du procès. J'ai observé les jurés. L'accusation n'avait pas grand-chose et ça ne s'est pas amélioré. Pete Duffy va s'en sortir.

Le juge Gantry hocha la tête, comme s'il acquiesçait, mais il ne dit rien. Il commença à se préparer, boutonnant ses manchettes, rajustant sa cravate ; il se leva et prit sa robe noire suspendue près de la porte.

— Je vais y réfléchir, dit-il enfin. Merci pour votre, euh…

— Intrusion, dit Mr Boone en riant.

Les Boone se levèrent.

— Pas du tout, Woods. C'est une situation unique ; je n'en ai jamais connu de semblable. Mais après tout, chaque procès est différent. Theo, je te remercie.

— Oui, Votre Honneur.

— Et tu vas assister à la suite du procès ?

— On n'aura pas de sièges, dit Theo.

— Je vais voir ce que je peux faire.

17.

Une fois les jurés assis et la salle silencieuse, tous les regards se portèrent sur le juge Gantry, qui annonça :

— Mr Nance, je crois que vous avez un autre témoin.

Clifford Nance se leva, raide et l'air important ; il déclara d'un ton théâtral :

— Oui, Votre Honneur, la défense appelle Mr Peter Duffy en personne.

L'accusé se rendit à la barre. L'atmosphère s'épaissit soudainement. Enfin, après quatre longues journées de procès, l'accusé témoignait et donnait sa version de l'histoire. Mais, ce faisant, il s'exposait aussi aux questions de l'accusation. Theo savait que dans 65 % des affaires d'homicide l'accusé ne témoignait pas – et Theo n'ignorait pas pourquoi. D'abord, l'accusé est généralement coupable et ne peut pas résister à un contre-interrogatoire pénétrant et impitoyable du procureur. Ensuite, l'accusé a souvent un casier judiciaire, et, une fois à la barre des témoins, l'accusation a le droit de s'en servir contre lui. Dans chaque procès, le juge essaie d'expliquer au jury que l'accusé n'est pas obligé de témoigner, ni même de dire un mot, ni de produire de témoins en sa faveur. C'est à l'État qu'il revient de prouver sa culpabilité.

Theo savait aussi que les jurés se méfiaient beaucoup d'un accusé qui refuse de témoigner pour sauver sa peau. Ceux-ci se méfiaient-ils de Peter Duffy ? Theo l'ignorait. Ils ne le quittèrent pas des yeux quand il s'installa à la barre, leva la main droite et jura de dire la vérité.

Theo voyait toute cette scène parce que, grâce au juge Gantry, il était assis au deuxième rang, derrière la défense, avec Ike à sa droite et son père à sa gauche. Sa mère avait des rendez-vous au cabinet. Elle avait déclaré qu'elle ne pouvait « gâcher » tout un après-midi au procès, mais les trois autres Boone pensaient qu'elle l'aurait évidemment voulu.

Clifford Nance s'éclaircit la voix et demanda à l'accusé de donner son nom ; une formalité qui paraissait assez idiote étant donné les circonstances. Non seulement tous les gens dans la salle connaissaient Mr Duffy, mais ils en savaient beaucoup sur lui. Mr Nance commença par une série de questions simples. Il prit du temps pour établir les bases : l'histoire familiale, les études, les occupations et les affaires de Mr Duffy, son absence de casier judiciaire, etc. Ils avaient passé des heures à le répéter, et l'interrogatoire prit un ton routinier. Mr Duffy jetait de fréquents coups d'œil en direction des jurés, pour créer une atmosphère de conversation détendue. Faites-moi confiance, semblait-il leur dire. Il présentait bien avec son costume élégant, ce qui parut un peu étrange à Theo, car aucun des cinq jurés hommes ne portait de veste ou de cravate. Theo avait lu des articles sur la stratégie vestimentaire des avocats et de leurs clients.

Pete Duffy en arriva aux choses importantes : son avocat aborda le sujet de l'assurance vie d'un million de dollars au nom de Mrs Myra Duffy. Le témoin expliqua qu'il croyait profondément aux vertus de l'assurance vie, que, lorsqu'il était jeune homme, avec une jeune épouse et de jeunes enfants, il avait toujours économisé pour investir dans l'assurance vie, à son nom comme à celui de sa femme. Ces contrats sont des outils utiles pour protéger une famille en cas de décès prématuré. Par la suite, en épousant sa seconde femme, Myra, Mr Duffy avait insisté pour contracter une assurance vie. Et Myra avait accepté. En fait, le contrat d'un million de dollars avait été son idée à elle. Elle voulait cette protection, au cas où il arriverait malheur à son époux.

Mr Duffy, même s'il ne semblait pas complètement à l'aise, était crédible. Les jurés l'écoutaient avec attention. Tout comme Theo, qui se rappela à plusieurs reprises qu'il assistait au plus grand procès de l'histoire de Strattenburg. En plus, il ratait la classe avec une excuse.

De l'assurance vie, Mr Nance passa aux affaires de Mr Duffy. Et là, son témoin fut convaincant. Il reconnut que certaines de ses transactions immobilières avaient mal tourné, que des banques le mettaient sous pression, qu'il avait perdu quelques associés et commis certaines erreurs. Son humilité, touchante, fut bien perçue par les jurés. Cela le rendait d'autant plus crédible. Mr Duffy nia fermement être au bord de la faillite, et débita une impressionnante série de mesures qu'il avait prises pour régler ses dettes et sauver ses biens.

Theo avait du mal à comprendre certains passages – tout comme quelques-uns des membres du jury, lui sembla-t-il. Ce n'était pas important. Clifford Nance avait parfaitement préparé son client.

Selon la théorie du procureur, le mobile du meurtre était l'argent, la cupidité. Cette théorie paraissait de moins en moins fondée.

Mr Nance en arriva au sujet délicat des problèmes matrimoniaux des Duffy et, là encore, le témoin et accusé se montra habile. Il reconnut qu'il y avait eu des difficultés. Oui, ils étaient allés voir des conseillers conjugaux. Oui, ils avaient consulté des avocats spécialisés dans le divorce, chacun de leur côté. Oui, il y avait eu des disputes, mais aucune violence. Et oui, il était parti une fois, une période malheureuse d'un mois, qui l'avait d'autant plus décidé à sauver son mariage. Au moment du meurtre, ils étaient heureux et faisaient des projets pour l'avenir.

Encore un coup porté à l'accusation.

À mesure que l'après-midi avançait, Clifford Nance orienta le témoignage vers la question du golf, et ils y consacrèrent beaucoup de temps. Trop, à l'humble avis de Theo. Mr Duffy répéta qu'il avait toujours préféré jouer seul, et cela depuis des années. Mr Nance produisit un dossier, expliquant au juge qu'il contenait les scores de son client sur les vingt dernières années. Il en tendit un au témoin qui l'identifia. C'était une carte de score d'un terrain de golf californien, quatorze ans plus tôt. Mr Duffy avait accompli son parcours en quatre-vingt-un coups, soit neuf au-dessus du par. Il avait joué seul.

Un relevé suivant l'autre, le témoignage de Mr Duffy devint rapidement une tournée des parcours de golf dans tous les États-Unis. Peter Duffy jouait beaucoup au golf ! Il ne plaisantait pas. Il notait tous ses scores. Et il jouait seul. Il expliqua ensuite qu'il jouait aussi avec des amis, pour ses affaires, et même avec son fils dès qu'il en avait l'occasion. Mais il préférait jouer seul, sur un parcours désert.

Une fois la tournée du golfeur achevée, il parut évident qu'une fois encore, une théorie de l'accusation venait de voler en éclats. L'idée que Pete Duffy ait prévu ce meurtre deux ans à l'avance, se mettant à jouer au golf seul pour pouvoir tuer sans témoins, apparut peu crédible.

Theo se répétait : « Dans cette salle noire de monde, quatre personnes seulement connaissent la vérité. Moi, Ike, mon père, et Pete Duffy. Nous, nous savons qu'il a tué sa femme. »

Ike se répétait : « Ce type va s'en tirer et nous n'y pouvons rien. C'est le crime parfait. »

Woods Boone se répétait : « Comment trouver ce témoin mystérieux et l'amener à la barre avant qu'il ne soit trop tard ? »

La dernière carte de score était celle du jour du meurtre. Mr Duffy avait joué dix-huit trous, à six au-dessus du par, et joué seul. Bien sûr, c'était lui qui notait son score, donc son exactitude pouvait être remise en cause.

(Theo avait déjà appris qu'au golf, la plupart des cartes révélaient davantage qu'un simple score.)

Mr Nance s'était fait de plus en plus grave en interrogeant son client sur le jour du meurtre, et son client avait bien réagi, baissant la voix, la chargeant d'inflexions éraillées et douloureuses en évoquant la mort cruelle de sa femme.

Je me demande s'il va pleurer, se dit Theo, bien qu'ému lui aussi par ce témoignage.

Pete Duffy retint ses larmes et décrivit parfaitement son horreur en apprenant la nouvelle, fonçant chez lui dans sa voiturette et découvrant la police sur place. Le corps de sa femme n'avait pas été déplacé et, en la voyant, il s'était évanoui. Un enquêteur avait dû l'aider. Par la suite, un médecin l'avait examiné et lui avait prescrit un traitement.

« Quel menteur, pensa Theo. Quel hypocrite. Vous avez tué votre femme. Il y a un témoin. Vos gants sont cachés dans mon bureau. »

Pete Duffy parla du cauchemar qu'il avait vécu en appelant la famille de sa femme, la sienne, leurs amis, avant d'organiser et d'endurer la cérémonie funéraire et l'enterrement. La solitude. Le vide d'une vie passée dans la même maison que celle où sa femme adorée avait été tuée. Son envie de vendre la maison, et de s'en aller. Ses visites quotidiennes au cimetière.

Puis l'horreur d'être soupçonné, accusé, inculpé, arrêté, et présenté au tribunal. Comment pouvait-on le soupçonner d'être l'assassin d'une femme qu'il aimait, qu'il adorait ?

Pete Duffy s'effondra enfin. Luttant pour se reprendre, il s'essuya les yeux, répétant : « Je suis désolé, je suis désolé. » C'était très émouvant, et Theo observa les visages des jurés. Compassion et crédulité totales. Duffy pleurait pour sauver sa vie, et ça marchait.

Tandis que son client s'efforçait de se reprendre, Clifford Nance décida qu'il avait assez engrangé de points. Il annonça :

— Plus de questions, Votre Honneur. Nous vous remettons le témoin.

Mr Hogan, le procureur, se leva immédiatement et demanda :

— Puis-je suggérer une courte pause, Votre Honneur ?

Cette pause permettrait de casser le rythme, d'éloigner les jurés du témoignage plein d'émotion qu'ils venaient d'entendre. De plus, il était 15 h 30 passées. Tout le monde avait besoin de souffler.

— Quinze minutes, dit le juge Gantry. Ensuite, nous commencerons le contre-interrogatoire.

Les quinze minutes devinrent trente.

— Il joue la montre, commenta Ike. On est vendredi après-midi. Tout le monde est fatigué. Il va renvoyer les jurés chez eux et revenir lundi.

— Je ne sais pas, dit Woods Boone. Peut-être qu'il voudra entendre les plaidoiries cet après-midi.

Ils étaient regroupés près du distributeur de boissons, dans le hall. D'autres petits groupes de spectateurs attendaient, observant les horloges au mur. Omar Cheepe apparut ; il voulait boire quelque chose. Il mit quelques pièces dans la machine, fit son choix en jetant un coup d'œil aux Boone, puis prit sa cannette.

Ike parlait toujours :

— Hogan ne lui fera rien. Il est trop futé.

— Le jury le déclarera non coupable dans moins d'une heure, dit Woods.

— Il va s'en tirer, ajouta Theo.

— Il faut vraiment que je retourne au cabinet, ajouta Woods.

— Moi aussi, dit Ike.

Du pur Boone.

Pourtant, aucun d'eux ne bougea : ils voulaient tous deux assister à la fin du procès. Theo était heureux de les voir bavarder ensemble. C'était rare.

Il y eut un mouvement, et la foule se dirigea lentement vers la salle. Quelques spectateurs étaient partis pendant la pause. C'était vendredi après-midi, après tout.

Une fois tout le monde assis et silencieux, le juge Gantry reprit sa place et fit signe à Jack Hogan. C'était le moment du contre-interrogatoire : quand un accusé se trouvait à la barre, le procureur avait le droit de l'interroger avec vigueur, et le résultat était rarement beau à voir.

Jack Hogan s'approcha du témoin et tendit un document à Pete Duffy.

— Vous reconnaissez ceci ? demanda-t-il d'un ton dégoulinant de suspicion.

Duffy prit son temps, examina le document, le feuilleta.

— Oui, dit-il enfin.

— Voulez-vous dire au jury de quoi il s'agit ?

— C'est un avis de saisie.

— De quel bien ?

— Le centre commercial de Rix Road.

— À Strattenburg ?

— Oui.

— Et vous êtes le propriétaire de ce centre commercial ?

— Oui, avec un associé.

— Et la banque vous a envoyé cet avis de saisie en septembre dernier parce que vous étiez en retard sur le paiement de votre crédit trimestriel. Est-ce exact ?

— C'est ce qu'a dit la banque.

— Vous le contestez, Mr Duffy ? Vous dites au jury que vous n'étiez pas en retard sur vos paiements de ce bien en septembre dernier ? demanda Jack Hogan en agitant les papiers, comme s'il en avait amplement la preuve.

Duffy marqua un temps et sourit avec une fausse amabilité.

— Oui, nous étions en retard.

— Et la banque vous avait prêté combien, pour l'achat de ce bien ?

— Deux cent mille dollars.

— Deux cent mille dollars, répéta Jack Hogan en regardant les jurés.

Il se rendit à sa table, prit une nouvelle liasse de papiers et demanda :

— À présent, Mr Duffy, étiez-vous propriétaire d'un entrepôt sur Wolf Street, dans la zone industrielle de Strattenburg ?

— Oui, monsieur. J'avais deux associés dans cette affaire.

— Et vous avez vendu cet entrepôt, n'est-ce pas ?

— Oui, nous l'avons vendu.

— Et cette vente a eu lieu en septembre dernier, n'est-ce pas ?

— Si vous le dites. Je suis sûr que vous avez les papiers.

— Je les ai certainement, rétorqua Mr Hogan. Et ces papiers montrent que l'entrepôt est resté à vendre pendant un an au prix de six cent mille dollars, que le crédit auprès de la State Bank était de cinq cent cinquante mille dollars, et que vos associés et vous l'avez finalement vendu pour à peine plus de quatre cent mille. Vous êtes d'accord, Mr Duffy ? demanda Mr Hogan en agitant les papiers.

— Cela me semble à peu près exact.

— Donc, vous avez perdu pas mal d'argent dans cette affaire, pas vrai Mr Duffy ?

— Cela n'a pas été l'une de mes meilleures.

— Vous étiez aux abois, pour vendre cet entrepôt ?

— Non.

— Vous aviez besoin d'argent frais, Mr Duffy ?

Pete Duffy reconnut, quelque peu mal à l'aise :

— Nous – mes associés et moi – avions besoin de vendre cet entrepôt.

Au cours des vingt minutes qui suivirent, Jack Hogan enfonça le clou sur les difficultés financières de Pete Duffy et de ses associés. Duffy refusa d'admettre qu'il était « aux abois ». Pourtant, à mesure que le contre-interrogatoire s'intensifiait, il devint évident que Duffy se dépêchait de conclure une nouvelle affaire chaque fois qu'une autre échouait. Jack Hogan disposait de nombreux documents. Il présenta des copies de deux procès intentés à Pete Duffy par d'anciens associés. Il mit l'accusé sur le gril en lui parlant de leurs accusations. Duffy nia farouchement être en faute, expliquant qu'aucune de ces procédures n'était fondée. Il reconnut volontiers avoir éprouvé des difficultés, mais répéta sans en démordre qu'il était loin de la faillite.

Jack Hogan décrivit de main de maître un Duffy aux abois, petit affairiste parvenant péniblement à garder une longueur d'avance sur ses créanciers. Mais le lien entre ses problèmes financiers et le mobile du meurtre restait ténu.

Changeant de sujet, Hogan prépara une nouvelle bombe. Il aborda poliment les problèmes conjugaux des Duffy, et, après quelques questions inoffensives, demanda :

— À présent, Mr Duffy, vous avez témoigné que vous aviez quitté le domicile conjugal, est-ce exact ?

— Oui.

— Et cette séparation a duré un mois ?

— Je n'appellerais pas cela une séparation. Nous n'en parlions jamais ainsi.

— Alors, comme l'appeliez-vous ?

— Nous ne l'appelions pas, monsieur.

— Je comprends. Quand êtes-vous parti ?

— Je n'ai pas gardé de journal intime, mais c'était en juillet dernier.

— Environ trois mois avant le meurtre ?

— Quelque chose comme ça.

— Où avez-vous vécu après être parti ?

— Je ne suis pas sûr d'être véritablement *parti*, monsieur. J'ai juste pris quelques vêtements et je m'en suis allé.

— D'accord. Et où cela ?

— J'ai passé quelques nuits à l'hôtel Marriott, au bout de la rue. J'ai passé quelques soirées avec l'un de mes associés. Il est divorcé et vit seul. Cela a été un bien triste mois.

— Donc, vous avez vécu çà et là ? Pendant un mois environ ?

— C'est exact.

— Puis vous êtes rentré chez vous, vous avez fait la paix avec Mrs Duffy, et vous vous apprêtiez à vivre heureux jusqu'à la fin de vos jours lorsqu'elle a été assassinée ?

— C'est une question ?

— Laissez tomber. En voici une, Mr Duffy.

Jack Hogan revint à ses papiers. Il tendit un document à Pete Duffy, qui pâlit aussitôt.

— Vous reconnaissez ce document, Mr Duffy ?

— Euh, je n'en suis pas sûr, dit Duffy, feuilletant les pages pour gagner du temps.

— Laissez-moi vous aider, alors. C'est un contrat de location de quatre pages pour un appartement à Weeksburg, à cinquante kilomètres de là. Un agréable deux-pièces meublé dans un immeuble chic, à deux mille dollars par mois. Cela vous dit quelque chose, Mr Duffy ?

— Pas vraiment, euh, je…

— Un contrat d'un an, commençant en juin dernier.

Duffy haussa les épaules, comme s'il n'y comprenait rien.

— Ce n'est pas moi qui l'ai signé.

— Non, mais votre secrétaire, une certaine Judith Maze. Une dame qui vit à la même adresse avec son mari depuis vingt ans, à Strattenburg. Exact, Mr Duffy ?

— Si vous le dites. C'est ma secrétaire.

— Pourquoi signerait-elle un bail pour un tel appartement ?

— Je n'en ai aucune idée. Vous devriez peut-être lui demander.

— Mr Duffy, voulez-vous vraiment que je la convoque à la barre ?

— Euh, oui, bien sûr, allez-y...

— Êtes-vous déjà allé dans cet appartement, Mr Duffy ?

Hébété, sous le choc, Mr Duffy se sentit partir sur une pente glissante. Il tenta de la remonter, et répondit en adressant aux jurés un nouveau sourire aussi faux que le précédent :

— Oui, deux ou trois fois.

— Seul ? riposta Jack Hogan d'un ton extrêmement soupçonneux.

— Bien sûr que j'étais seul. J'étais là pour affaires, il y avait du retard, donc j'ai habité dans cet appartement.

— Comme c'est pratique. Qui paie le loyer ?

— Je ne sais pas. Il vous faudra poser la question à Mrs Maze.

— Donc, ce que vous dites au jury, Mr Duffy, c'est que vous n'avez pas loué cet appartement et que vous n'en payez pas le loyer ?

— C'est exact.

— Et vous y avez dormi, seul, deux ou trois fois ?

— C'est exact.

— Et la location de cet appartement n'avait rien à voir avec vos problèmes de couple ?

— Non. Je répète que je n'ai pas loué cet appartement.

Pour Theo, l'honnêteté de Pete Duffy avait été gravement remise en cause. Manifestement, il mentait sur cet appartement. Et s'il était capable de mentir là-dessus, il pouvait certainement mentir sur d'autres sujets.

Jack Hogan n'avait sans doute aucun moyen de prouver combien de fois Duffy s'était rendu à cet appartement. Il en arriva au sujet du golf, et son contre-interrogatoire perdit de son énergie. Duffy en savait bien plus sur ce sport que le procureur, et ils pinaillèrent pendant une éternité.

Il était presque 18 heures quand Jack Hogan se rassit enfin. Le juge Gantry se dépêcha d'annoncer :

— J'ai décidé de ne pas tenir audience demain. Je pense que les jurés ont besoin d'une pause. J'espère que vous passerez un week-end serein et reposant, et je vous verrai ici lundi, à 9 heures. Nous entendrons alors les plaidoiries et les jurés pourront enfin délibérer. Là encore, je répète mes instructions. Ne discutez pas de cette affaire. Si quelqu'un vous contacte pour en parler, faites-le-moi savoir immédiatement. Merci de votre attention. À lundi.

Les huissiers escortèrent les jurés, qui sortirent par une petite porte. Après leur départ, le juge demanda aux avocats :

— Autre chose, messieurs ?

Jack Hogan se leva.

— Rien pour l'instant, Votre Honneur.

Clifford Nance fit signe que non.

— Très bien. La séance est levée jusqu'à lundi matin, 9 heures.

18.

Pour la première fois depuis plusieurs nuits, Theo dormit bien. Il se réveilla tard le samedi matin. En descendant l'escalier encore ensommeillé, Juge sur ses talons, il vit qu'une réunion familiale avait lieu dans la cuisine. Son père faisait des œufs brouillés. Sa mère, en robe de chambre, était assise en bout de table et tapait sur son ordinateur. Et Ike, qui, à la connaissance de Theo, n'avait pas mis les pieds à la maison depuis treize ans que Theo était sur terre, Ike était assis en face de Mrs Boone, le journal du matin étalé devant lui. Il lisait les petites annonces en prenant des notes. Il portait un jogging orange délavé avec une vieille casquette des Yankees. L'air était lourd d'odeurs de cuisine et de conversations interrompues. Juge se posta devant la cuisinière et entama son rituel : mendier de la nourriture.

Divers bonjours furent échangés. Theo se rapprocha de la cuisinière.

— Il n'y a que des œufs brouillés, dit son père.

Il cuisinait encore moins que sa mère et ses œufs n'avaient pas l'air très cuits. Theo se versa du jus de raisin et alla s'asseoir.

Ike rompit enfin le silence :

— Il y a un deux-pièces au-dessus d'un garage à Millmont. Six cents par mois. Ce n'est pas trop mal, comme quartier.

— Millmont, ça va, dit Mr Boone.

— Elle gagne sept dollars de l'heure et travaille trente heures par semaine, répliqua la mère de Theo, sans lever les yeux. Après les impôts et quelques achats de première nécessité, elle aura de la chance s'il lui reste trois cents dollars par mois pour le loyer. Elle ne peut pas se le permettre. C'est pour ça qu'ils habitent en foyer.

— Et où crois-tu qu'on trouvera un appartement pour trois cents dollars par mois ? demanda Ike, d'un ton légèrement agacé.

Il ne leva pas les yeux non plus. En fait, à cet instant, personne ne regardait personne.

Theo observa la scène.

Mr Boone intervint :

— Si c'est un appartement au-dessus d'un garage, le propriétaire est sans doute un particulier. Ça m'étonnerait qu'il loue à des Salvadoriens, ou à des étrangers de manière générale.

Il jeta les œufs sur une assiette, ajouta un toast et glissa le tout devant Theo, qui murmura « merci ». Juge put enfin avoir des œufs dans son écuelle.

Theo mangea tranquillement, écoutant le silence. Ils ne lui prêtaient aucune attention même quand la conversation le concernait – et cela l'énervait. Les œufs étaient trop baveux.

Theo dit enfin :

— On cherche un appartement, alors ?

— Hum, ouais, grogna Ike.

Des Salvadoriens. Vivant en foyer. Les indices s'accumulaient.

— Woods, dit Mrs Boone, toujours devant son écran. Nick Wetzel fait de la publicité pour ses services juridiques d'immigration. Quelle est sa réputation d'avocat ? Je ne l'ai jamais rencontré.

— Il fait beaucoup de publicité, répondit Mr Boone. On le voyait à la télé ; il cherchait des victimes d'accidents de la route. Moi, je l'éviterais.

— Il n'y a que deux avocats, ici, qui parlent de services d'immigration dans leurs pubs, dit Mrs Boone.

— Contacte-les tous les deux, intervint Ike.

— J'imagine, oui, fit Mrs Boone.

— Qu'est-ce qu'on fait ? demanda enfin Theo.

— On a une longue journée devant nous, Theo, dit son père en s'asseyant avec une tasse de café. Nous avons une partie de golf très importante, toi et moi.

Theo ne put s'empêcher de sourire. Ils jouaient presque tous les samedis, mais, ces derniers jours, Theo avait oublié. Comme toute la ville, il avait supposé que le procès continuerait samedi, et il avait bien sûr prévu d'y assister.

— Super. Quand ?

— Nous devrions partir d'ici une demi-heure.

Et trente minutes plus tard, ils rangeaient leurs clubs de golf dans le coffre de la voiture, s'émerveillant du temps splendide. C'était la mi-avril, la température devait dépasser les vingt degrés, les azalées étaient en fleurs, et les voisins travaillaient sur leurs plates-bandes.

Quelques minutes plus tard, Theo demanda : « Où on va, papa ? » Ils ne se dirigeaient visiblement pas vers le parcours municipal de Strattenburg, le seul endroit où ils jouaient.

— On va essayer un nouveau terrain aujourd'hui.

— Lequel ? demanda Theo, qui n'en connaissait que trois dans la région.

— Waverly Creek.

Theo assimila l'information.

— Trop fort, papa ! Le lieu du crime.

— Pas loin, oui. J'ai un client qui y habite et il nous a invités à jouer. Il ne sera pas là, en revanche. Il n'y aura que nous deux. On va jouer le Creek, donc, avec un peu de chance, il n'y aura pas trop de monde.

Dix minutes plus tard, ils s'arrêtaient devant l'imposante entrée de Waverly Creek. Un mur de pierre massif longeait la route, disparaissant dans un virage. De lourdes grilles arrêtaient toute circulation. Un homme en uniforme sortit de la guérite et s'approcha d'eux. Mr Boone baissa sa vitre.

— Bonjour, dit le gardien en souriant.

Il tenait un registre à la main.

— Bonjour. Je m'appelle Woods Boone. On est venus faire un peu de golf. Début à 10 h 40. Invités de Max Kilpatrick.

Le gardien regarda son cahier puis déclara :

— Bienvenue, Mr Boone. Mettez ça derrière votre pare-brise.

Il lui tendit une carte jaune vif et ajouta :

— Et bonnes balles !

— Merci, dit Mr Boone, tandis que les grilles commençaient à s'ouvrir.

Theo les avait franchies une fois, deux ans plus tôt, pour l'anniversaire d'un ami qui était parti depuis. Il se rappelait les vastes demeures, les longues allées, les belles voitures et les pelouses parfaitement entretenues. Ils roulaient sur un chemin étroit à l'ombre de grands arbres, longeant quelques fairways et des greens. On aurait dit que le terrain était manucuré, il semblait sortir d'un magazine de golf. Partout, des golfeurs s'entraînaient en donnant des coups dans l'air. Theo commença à s'inquiéter. Il adorait parcourir dix-huit trous avec son père sur un terrain dégagé, mais rien n'était plus désagréable qu'essayer de frapper la balle avec quatre personnes dans son dos, attendant impatiemment qu'il ait fini.

Le club-house était plein. Des dizaines de golfeurs étaient de sortie, en cette belle journée. Mr Boone alla s'inscrire, prit une voiturette et commença sur le terrain d'entraînement. Theo ne put s'empêcher de regarder autour de lui pour voir le cousin de Julio. Ou peut-être Pete Duffy en personne, parti faire quelques trous avec des amis, après une dure semaine au tribunal. Il avait payé sa caution le jour de son arrestation, et n'avait jamais approché une cellule de prison.

Et, au vu du procès, il avait peu de risques de s'y retrouver.

Mais Theo ne vit personne… et tandis qu'il pensait à ces gens, il ne pensait pas à son swing. Après avoir éparpillé quelques balles sur le terrain, il commença à s'inquiéter pour son jeu.

Ils partirent à temps ; Mr Boone, du point de départ indiqué en bleu, et Theo du blanc, un peu plus loin sur le fairway. Il avait une vue dégagée sur à peine cent mètres.

— Garde la tête baissée, dit son père tandis qu'ils filaient en voiturette.

Il allait encore lui donner des conseils au fil de la journée. Mr Boone jouait depuis trente ans et avait un niveau moyen – mais, comme la plupart des golfeurs, il ne résistait pas à la tentation de donner des conseils, en particulier à son fils. Theo le prenait bien. Il en avait besoin.

Il y avait un groupe de quatre devant eux, et personne derrière. Le Creek était plus court, plus étroit, et donc moins apprécié des autres golfeurs. Il était conçu pour suivre le tracé sinueux de Waverly Creek, un ruisseau très joli mais traître, connu pour engloutir les balles de golf. Les demi-parcours nord et sud étaient envahis, mais pas le Creek.

Assis dans la voiturette, ils attendaient que les quatre autres terminent leur troisième trou. Mr Boone se tourna vers son fils.

— OK, Theo, voilà le plan. Ike cherche un appartement pour la famille Pena. Pas trop grand et donc pas trop cher. S'ils ont besoin d'un coup de main pour le loyer, ta mère et moi pouvons les aider. Nous en parlons depuis plusieurs mois, donc ce n'est pas nouveau. Ike, qui a un grand cœur mais un petit compte en banque, est prêt à les aider aussi. Si nous pouvons leur trouver un toit rapidement, peut-être que Carola pourra convaincre son neveu, le cousin de Julio, de venir habiter avec eux. Ce sera un environnement beaucoup plus stable pour tout le monde. Ike est parti chercher. Quant à ta mère, elle discute avec des avocats spécialisés dans l'immigration. Il se pourrait qu'en vertu d'une loi fédérale, un immigré clandestin puisse obtenir un statut s'il est parrainé par un citoyen des États-Unis, et s'il a un travail. Allons-y.

Ils commencèrent, et s'avancèrent lentement sur le sentier. Leurs parcours étaient tous deux accidentés.

Mr Boone continua :

— Ta mère et moi sommes prêts à parrainer le cousin de Julio. Je peux sans doute lui trouver un meilleur boulot, déclaré, et s'il vit avec sa tante et sa famille, il pourra probablement obtenir un statut de résident d'ici deux ans. Pour la citoyenneté, c'est une autre histoire.

— C'est quoi le problème ? demanda Theo.

— Il n'y en a pas vraiment. Nous voulons aider la famille Pena à sortir du foyer, et nous le ferons quelle que soit la décision du cousin. Mais il faut le convaincre de venir témoigner de son plein gré, de dire la vérité, de raconter au jury ce qu'il a vu.

— Et comment le convaincre ?

— Cette partie du plan est sujette à évolution.

La balle de Theo était près du sentier, à une bonne distance du fairway. Il prit un fer 5 et expédia la balle à cinquante mètres du green, non loin du trou.

— Joli coup, Theo.

— De temps en temps, j'ai de la chance.

Le numéro 6 se trouvait dans un virage ; sur la gauche s'étendait un fairway plus large, avec de splendides demeures sur la droite. Depuis le point de départ, ils voyaient l'arrière de la résidence Duffy, à moins de cent cinquante mètres. Juste à côté, un jardinier tondait l'herbe. « Vu comment je joue, cet homme court un risque… », se dit Theo.

Mais il n'arriva rien au jardinier et les Boone commencèrent leur parcours. Mr Boone demanda :

— Tu m'avais dit que tu avais des photos aériennes du site.

— Oui, monsieur ! Au bureau…

— Tu crois que tu peux retrouver l'endroit où notre témoin se cachait ?

— Peut-être. Là-bas, tiens.

Theo montra un bosquet d'arbres épais au milieu du fairway. Ils allèrent jusqu'à la lisière et se mirent à piétiner les alentours, comme le font les golfeurs qui ont perdu leur balle. Un ruisseau à sec traversait le bosquet et un petit mur de soutènement en rondins se dressait sur une berge. L'endroit parfait pour s'asseoir et déjeuner au calme, seul.

— Ça pourrait être là, dit Theo. Il a dit qu'il était assis sur des rondins, avec une vue parfaite sur la maison.

Theo et Mr Boone s'assirent donc. Ils avaient une vue dégagée sur l'arrière de la maison Duffy.

— C'est à quelle distance, à ton avis ? demanda Theo.

— Moins de cent mètres, répondit Mr Boone sans hésiter, estimant les distances en vrai golfeur. C'est une cachette parfaite. Personne ne peut le voir. Personne ne penserait même à regarder par ici.

— En étudiant les photos aériennes, on voit la cabane du jardinier là-bas, derrière les arbres, dit Theo en montrant la direction opposée, en face du fairway. D'après le cousin de Julio, les employés s'y retrouvent pour déjeuner à 11 h 30. La plupart du temps, le cousin s'éclipse pour manger seul. Il a dû venir ici, en effet.

— J'ai apporté de quoi prendre des photos.

Mr Boone sortit un petit appareil numérique de son sac de golf. Il photographia la zone boisée, le lit du ruisseau, le mur de soutènement, puis se retourna et prit des clichés du fairway et des maisons d'en face.

— C'est pour quoi, les photos ? demanda Theo.

— On peut en avoir besoin.

Ils continuèrent ainsi quelques minutes, puis ils sortirent du bosquet et s'approchèrent de leur voiturette. Theo jeta un œil en face. Pete Duffy les observait à la jumelle, depuis son patio. Ils étaient les seuls golfeurs à cet endroit.

— Papa…, murmura Theo.

— Je l'ai vu, répondit son père. On y va.

Ils frappèrent leurs balles suivantes, essayant d'oublier la présence de Duffy. Ils ratèrent tous deux largement le green. Ils sautèrent dans leur voiturette et s'en allèrent. Pete Duffy ne baissa pas un instant ses jumelles.

Ils avaient fait neuf trous en deux heures – et décidèrent alors de se promener en voiturette jusqu'aux parcours nord et sud. Waverly Creek offrait un spectacle impressionnant, avec ses belles demeures bien alignées le long des fairways, ses immeubles de luxe nichés autour d'un petit lac, son parc pour enfants, ses pistes cyclables et de jogging qui traversaient les sentiers de golf et, surtout, ses greens et ses fairways splendides.

À leur arrivée, un groupe de quatre golfeurs commençait au numéro 14. L'étiquette du golf exigeait le silence ; Mr Boone arrêta donc la voiturette plus loin. Une fois les joueurs partis, Mr Boone s'avança jusqu'au point de départ. Il y avait une glacière, une poubelle et un appareil nettoyeur de balles, près d'une haie de buis.

Theo expliqua :

— D'après Julio, son cousin a vu l'homme jeter ses gants dans la poubelle du numéro 14. Ça doit être ici.

— Ce n'est pas le cousin qui te l'a dit ? demanda Mr Boone.

— Non, je ne lui ai parlé qu'une fois, mercredi soir au foyer. Julio est venu le lendemain soir au cabinet, avec les gants.

— Donc, on ne sait pas du tout où était le cousin... ni comment il a vu cet homme jeter ses gants ici ?

— Non, j'imagine.

— Et nous ne savons pas pourquoi le cousin a éprouvé la nécessité de récupérer ces gants ?

— D'après Julio, les gars qui travaillent ici fouillent toujours les poubelles.

Ils prirent quelques photos en vitesse, puis s'éloignèrent : un autre groupe approchait.

Ils regardaient

19.

Après le golf, Theo et son père s'arrêtèrent au foyer de Highland Street pour voir Julio et sa famille. Carola Pena travaillait tous les samedis dans la cuisine d'un hôtel – et devait donc laisser ses trois enfants au foyer. Il y avait des jeux et des activités pour les enfants qui habitaient là, mais Theo savait que les samedis n'étaient pas si agréables, pour eux. Ils regardaient beaucoup la télévision, jouaient au football dans la petite cour, et, avec de la chance, pouvaient aller au cinéma en bus, si un adulte trouvait assez d'argent.

Tandis que Theo et son père jouaient au golf, une idée leur vint. Stratten College était un petit établissement privé fondé un siècle plus tôt. Ses équipes de football et de basket-ball ne pouvaient se mesurer à celles d'un bon lycée, mais son équipe de base-ball, survitaminée, jouait à un niveau régional. Il y avait un double programme à 14 heures.

Mr Boone parla avec le responsable du foyer. Julio, bien sûr, qui devait s'occuper des jumeaux Hector et Rita, sauta sur l'occasion de sortir. Les trois enfants coururent à la voiture de Mr Boone et bondirent à l'arrière. Quelques minutes plus tard, Mr Boone freina devant l'hôtel où travaillait la mère des enfants ; il se gara sur une place interdite et dit :

195

— Je vais avertir Mrs Pena en vitesse.

Il revint aussitôt, tout sourire.

— Votre mère pense que c'est une excellente idée.

— Merci, Mr Boone, dit Julio.

Les jumeaux, eux, étaient muets d'excitation.

Stratten College jouait au Rotary Park, un splendide vieux stade en lisière de la ville, près du petit campus. Rotary Park était presque aussi ancien que Stratten College ; les années précédentes, il avait accueilli plusieurs équipes de deuxième catégorie, qui avaient été rapidement rétrogradées, d'ailleurs. Le stade pouvait se vanter d'avoir vu jouer le célèbre Ducky Medwick une saison, en 1920, au sein d'une assez bonne équipe, avant d'intégrer les stars : les Cardinals. Près de l'entrée, une plaque rappelait aux fans de Ducky Medwick son rapide passage à Strattenburg. Theo n'avait jamais vu quelqu'un la lire.

Mr Boone acheta les billets au petit guichet. C'était le même vieil homme qui travaillait là depuis Ducky, sans doute… Trois dollars par adulte, un dollar par enfant.

— Du pop-corn, ça vous dirait ? demanda Mr Boone en regardant Hector et Rita, qui rayonnaient.

Cinq sacs de pop-corn, cinq sodas, vingt dollars. Ils montèrent dans les gradins, juste devant l'abri du marbre, non loin du premier but. Il y avait bien plus de sièges que de spectateurs, et on pouvait s'asseoir où l'on voulait. Le stade pouvait accueillir deux mille personnes, et les vieux du coin vantaient volontiers les foules immenses qui s'y pressaient jadis. Theo assistait à cinq ou six matchs de Stratten College chaque saison, et n'avait jamais vu le stade même à moitié plein. Il aimait beaucoup l'endroit, pourtant, avec sa tribune démodée, ses auvents, ses gradins de bois proches du terrain, ses pistes d'échauffement près des lignes de jeu, et son mur couvert de publicités colorées pour toutes les entreprises de Strattenburg, de la dératisation à la bière locale, en passant par les avocats en quête de clients victimes d'accidents. Un vrai stade de base-ball.

D'autres voulaient le détruire. Il était pratiquement désert l'été, après la fin des cours, et son coût d'entretien faisait grincer quelques dents – ce qui laissait Theo perplexe, car, en regardant l'endroit, il était difficile de voir ce qui était « entretenu ».

Ils se levèrent pour l'hymne national, puis Stratten College entra sur le terrain. Les quatre jeunes étaient assis devant Mr Boone.

— Attention, dit Theo, le chef. On ne parle qu'anglais, d'accord ? On travaille notre anglais.

Les enfants Pena, qui étaient naturellement revenus à l'espagnol pour parler entre eux, obéirent instantanément et passèrent à l'anglais. Hector et Rita, âgés de huit ans, ne s'y connaissaient pas trop en base-ball. Theo commença à leur expliquer.

Mrs Boone et Ike arrivèrent pour la troisième manche et s'assirent avec Mr Boone, qui s'était éloigné des jeunes. Theo tenta d'écouter leurs chuchotements. Ike avait trouvé un appartement à cinq cents dollars par mois. Mrs Boone n'avait pas abordé le sujet avec Carola Pena, parce qu'elle travaillait encore à l'hôtel. Ils parlèrent ensuite d'autres problèmes, mais Theo n'entendit pas tout.

Le base-ball peut être ennuyeux pour un enfant de huit ans qui ne le comprend pas : à la cinquième manche, Hector et Rita se lançaient du pop-corn et grimpaient sur les gradins. Mrs Boone leur demanda s'ils voulaient une glace, et ils sautèrent sur son offre. Quand ils furent partis, Theo entra en action. Il demanda à Julio s'il voulait voir la partie depuis les gradins du milieu. Julio répondit oui, et ils allèrent s'asseoir sur de vieux bancs juste au-dessus du champ centre. Ils étaient seuls.

— J'aime bien la vue d'ici, dit Theo. En plus, il n'y a jamais personne.

— J'aime bien aussi, dit Julio.

Ils bavardèrent ainsi un moment, puis Theo changea de sujet :

— Écoute, Julio, il faut qu'on parle de ton cousin. J'ai oublié son nom. En fait, je ne suis pas sûr de l'avoir su.

— Bobby.

— Bobby ?

— C'est Roberto, en fait, mais il préfère qu'on l'appelle Bobby.

— OK. Son nom de famille, c'est Pena ?

— Non. Sa mère et la mienne sont sœurs. Son nom de famille, c'est Escobar.

— Bobby Escobar.

— *Si*. Euh, oui.

— Il travaille toujours au terrain de golf ?

— Oui.

— Et il vit toujours dans le même quartier ?

— Oui. Pourquoi tu demandes ?

— En ce moment, ton cousin est quelqu'un de très important, Julio. Il faut qu'il vienne dire à la police tout ce qu'il a vu le jour où cette femme a été assassinée.

Julio regarda Theo comme s'il avait perdu la tête.

— Impossible.

— Peut-être que si. Et si on lui promettait une protection ? Pas d'arrestation. Pas de prison. Tu sais ce que veut dire le mot « immunité » ?

— Non.

— Eh bien, juridiquement, ça veut dire qu'il pourrait conclure un accord avec la police. S'il témoigne, la police ne l'embêtera pas. Il aura son immunité. Il pourrait même avoir des papiers.

— Tu as parlé à la police ?

— Bien sûr que non, Julio.

— Tu en as parlé à quelqu'un ?

— J'ai protégé son identité. Il ne risque rien, Julio. Mais il faut que je lui parle.

Un joueur de l'autre équipe envoya une balle qui rebondit juste contre le mur voisin. Ils le regardèrent glisser vers le troisième but. Theo dut expliquer la différence entre une balle qui passe par-dessus le mur et une qui rebondit. Julio répondit qu'ils n'avaient pas beaucoup de base-ball au Salvador. Surtout du foot.

— Quand est-ce que tu reverras Bobby ? demanda Theo.

— Demain, peut-être. En général, il passe au foyer le dimanche et on va à l'église.

— Je pourrais lui parler ce soir ?

— Je ne sais pas. Je ne sais pas ce qu'il fait tout ce temps-là.

— Julio, le temps est un facteur crucial.

— Un facteur crucial ?

— Très important. Le procès sera fini lundi. C'est important que Bobby vienne témoigner de ce qu'il a vu.

— Je ne crois pas.

— Julio, mes parents sont avocats tous les deux. Tu les connais. On peut leur faire confiance. Et s'ils pouvaient te trouver un appartement pour toi et ta famille, y compris Bobby, un endroit sympa pour vous, et qu'en même temps, ils s'occupaient de parrainer Bobby pour qu'il obtienne ses papiers ? Penses-y. Plus besoin de se cacher de la police, ni des rafles des services d'immigration. Vous pourrez tous vivre ensemble et Bobby aura des papiers. Ça ne serait pas bien ?

Julio regardait dans le vide, assimilant la nouvelle.

— Ça serait super, Theo.

— Alors, voilà ce qu'on va faire. D'abord, tu me confirmes que c'est d'accord pour faire intervenir mes parents. Ils seront de ton côté. Ce sont des avocats.

— D'accord.

— Très bien. Maintenant, tu vas voir Bobby et le convaincre que c'est un marché intéressant. Le convaincre qu'on peut nous faire confiance. Tu peux ?

— Je ne sais pas.

— Il a dit à ta mère ce qu'il avait vu ?

— Oui. Elle est comme une mère pour lui.

— Bien. Demande à ta mère de lui parler aussi, pour voir si elle peut le convaincre.

— Tu me promets qu'il n'ira pas en prison ?

— Je te le promets.

— Mais il devra parler à la police ?

— Peut-être pas à la police, mais il devra parler à quelqu'un qui s'occupe du procès. Peut-être le juge. Je ne sais pas. Mais il est essentiel que Bobby témoigne. C'est le témoin le plus important de ce procès pour meurtre.

Julio se prit la tête entre les mains, les épaules voûtées sous le poids des paroles de Theo. Le silence dura un long moment. Theo regarda Hector et Rita au loin. Assis leur glace à la main, ils bavardaient avec sa mère. Woods et Ike étaient plongés dans leur conversation – un spectacle rare. Le match continuait, interminable.

— Qu'est-ce que je fais maintenant ? demanda Julio.

— Parle à ta mère. Ensuite, tous les deux, vous irez parler à Bobby. Il faudrait qu'on se retrouve tous demain.

— Entendu.

20.

Theo regardait un film dans le salon quand son téléphone vibra dans sa poche. Il était 20 h 35, samedi, et l'appel provenait du foyer.

— Allô ?

— Theo ?

— Oui, Julio, quoi de neuf ?

Theo coupa le son de la télévision. Son père lisait un roman dans son bureau et sa mère était au lit, à siroter son thé vert en parcourant une pile de dossiers juridiques.

— J'ai parlé à Bobby, dit Julio, et il est mort de peur. Il y avait des flics partout à la Carrière aujourd'hui. Ils contrôlaient les papiers et ils cherchaient des histoires. Ils ont embarqué deux gars du Guatemala, tous les deux clandestins. Bobby pense qu'ils le recherchent.

Theo s'approcha du bureau.

— Écoute, Julio, si la police recherche Bobby, ça n'a rien à voir avec le procès pour meurtre. Je peux te le jurer.

Theo s'arrêta à côté de son père, qui ferma son livre et écouta la conversation avec attention.

— Ils sont allés chez lui, mais il se cachait plus loin dans la rue.

— Tu lui as parlé, Julio. Tu lui as dit ce dont on a discuté aujourd'hui pendant le match ?

— Oui.

— Et qu'est-ce qu'il a dit ?

— Il a trop peur pour l'instant, Theo. Il ne comprend pas comment ça fonctionne, ici. Quand il voit un policier, il pense au malheur. Tu sais ? Il pense qu'il va aller en prison, perdre son travail, son argent, se faire renvoyer chez lui.

— Écoute-moi, Julio. Il n'aura pas besoin d'aller à la police. S'il nous fait confiance, à mes parents et à moi, il sera en sécurité. Tu lui as expliqué ça ?

— Oui.

— Il le comprend ?

— Je ne sais pas, Theo. Mais il veut te parler.

— Très bien. Je vais lui parler. (Theo échangea quelques signes avec son père). Où et quand ?

— Eh bien, il change d'adresse ce soir. Il a peur que la police revienne en pleine nuit pour l'arrêter. Mais je peux le contacter.

Theo faillit demander « comment ? », mais se retint.

— Je pense qu'on devrait se parler ce soir, dit-il.

Son père acquiesça.

— D'accord. Qu'est-ce que je lui dis ?

— Dis-lui de me retrouver quelque part.

— Où ça ?

Theo réfléchit, mais son père fut plus rapide. Il lui chuchota quelques mots que Theo répéta :

— Truman Park, près du carrousel.

— Où c'est ?

— C'est le grand parc au bout de la grand-rue, avec les fontaines, les statues, tout ça. Tout le monde sait où c'est.

— D'accord.

— Dis-lui d'y être à 21 h 30, d'ici une heure. On se retrouve au carrousel.

— C'est quoi, un carrousel ?

— Un manège de luxe, avec des chevaux en bois et de la musique. C'est pour les petits enfants.

— Je l'ai déjà vu. OK.

— Très bien alors. À dans une heure.

En ce samedi soir, le carrousel tournait encore, au ralenti. Une chanson de Disneyland retentissait dans ses haut-parleurs fatigués ; quelques petits et leurs mères s'accrochaient aux poteaux entre les poneys jaune et rouge. Non loin de là, une baraque vendait de la barbe à papa et de la limonade. Des adolescents traînaient en bande, fumant tous pour se donner l'air de durs.

Woods Boone scruta les lieux et ne vit rien de suspect.

— Je vais attendre là-bas, dit-il en montrant une grande statue de bronze d'un héros de guerre oublié. On ne me verra pas.

— Tout ira bien, répondit Theo.

Il n'était pas inquiet pour sa sécurité. Le parc était bien éclairé et bien fréquenté.

Dix minutes plus tard, Julio et Bobby Escobar sortirent de l'ombre ; ils virent Theo en premier. Bobby, très nerveux, ne voulait pas risquer d'être aperçu par un policier, donc ils se dirigèrent de l'autre côté du parc et s'assirent sur les marches d'un kiosque. Theo ne repéra pas son père, mais il était sûr qu'il les observait.

Il demanda à Bobby s'il avait travaillé aujourd'hui, puis raconta que son père et lui avaient joué sur le Creek Course. Non, Bobby n'avait pas travaillé, mais il avait passé la journée à éviter la police. Theo s'engouffra dans cette porte ouverte. Il expliqua, en anglais, que Bobby avait une occasion à saisir. Il pouvait cesser d'être immigré clandestin et obtenir des papiers.

Julio traduisit en espagnol. Theo n'y comprit pas grand-chose.

Il expliqua que ses parents lui offraient la chance de sa vie. Un meilleur endroit pour vivre, avec sa famille, une possibilité d'avoir un meilleur travail, et des papiers plus vite. Plus besoin de se cacher de la police. Finie la peur d'être renvoyé chez lui !

Julio traduisit. Bobby l'écoutait d'un visage de marbre.

Voyant qu'il n'obtenait rien en retour, Theo se fit pressant. Il fallait continuer à parler. Bobby semblait prêt à s'enfuir.

— Explique-lui qu'il est un témoin très important dans le procès pour meurtre, dit-il à Julio. Et qu'il n'y a rien de mal à aller au tribunal pour dire à tout le monde ce qu'il a vu ce jour-là.

Julio traduisit. Bobby acquiesça. Il avait déjà entendu tout ça. Julio transmit sa réponse :

— Il ne veut pas être impliqué. Ce procès n'est pas son problème.

Une voiture de police s'arrêta à la lisière du parc, pas très près du kiosque, mais bien assez pour être visible. Bobby l'observa d'un œil apeuré, marmonna quelques mots à Julio, qui lui répondit du tac au tac.

— La police ne lui court pas après, intervint Theo. Dis-lui de se détendre.

Deux policiers sortirent lourdement de la voiture et se dirigèrent vers le centre du parc, le carrousel.

— Tu vois ? dit Theo. Le gros, c'est Ramsey Ross. Tout ce qu'il sait faire, c'est rédiger des contraventions. L'autre, je ne le connais pas. En tout cas, ils se moquent éperdument de nous.

Julio expliqua en espagnol, et Bobby respira plus librement.

— Où est-ce qu'il dort ce soir ? demanda Theo.

— Je ne sais pas. Il a demandé s'il pouvait dormir au foyer, mais il n'y a pas de place.

— Il peut venir chez nous. Nous avons une chambre d'ami. Tu peux venir aussi. On se fera une pyjama party. Mon père ira nous chercher une pizza. Allez, on y va.

À minuit, les trois garçons étaient vautrés dans le salon, plongés dans leur jeu vidéo à grand renfort de hurlements. Des oreillers et des couettes étaient éparpillés partout. Deux grosses boîtes de pizza gisaient, éventrées. Juge mâchonnait une croûte.

De temps en temps, Marcella et Woods Boone venaient jeter un œil. Ils étaient amusés d'entendre les efforts de Theo en espagnol, toujours un peu en retard sur Julio et Bobby, mais bien décidé à les suivre.

Ils auraient voulu d'autres enfants, mais la nature en avait décidé autrement. Et, parfois, ils devaient avouer que Theo leur suffisait amplement.

21.

Le dimanche, le juge Gantry attendit le crépuscule pour faire une longue promenade. Il habitait à quelques rues du tribunal, dans une vieille demeure héritée de son grand-père, lui-même juge distingué, et il parcourait souvent les rues du centre de Strattenburg tôt le matin ou tard le soir. Cette nuit-là, il avait besoin d'air frais, et d'un moment pour réfléchir. Le procès Duffy avait englouti son week-end. Il avait passé des heures enfoui dans des codes juridiques à la recherche d'une réponse – qui lui échappait encore. Le débat faisait rage dans son esprit. Pourquoi perturber un procès qui s'était correctement déroulé ? Pourquoi déclarer un vice de procédure alors que tout s'était bien passé ? Aucune règle n'avait été violée. Ni de procédure ni d'éthique. Rien. En fait, avec ces deux excellents avocats qui s'affrontaient, le procès avait suivi paisiblement son cours.

Ses recherches ne lui avaient révélé aucune affaire semblable.

La lumière était allumée au cabinet Boone & Boone. À 19 h 30, comme promis, le juge Gantry frappa à la porte.

Marcella Boone lui ouvrit.

— Bonsoir, Henry. Entrez.

— Bonsoir, Marcella. Je n'ai pas vu ce bureau depuis au moins vingt ans.

— Alors, vous devriez vous y arrêter plus souvent.

Elle referma la porte derrière eux.

Le juge Gantry n'était pas le seul à se promener d'un bon pas, en ce début de soirée. Un nommé Paco était de sortie, lui aussi. Paco portait un jogging sombre, avec des chaussures de sport, et un système de communication radio. Il gardait ses distances et, comme le juge ne se méfiait pas, il était facile à suivre. Ils flânèrent dans le centre-ville, l'un plongé dans de graves pensées, oublieux de son environnement, et l'autre une rue derrière, avançant avec précaution à mesure que les ombres s'allongeaient et que le jour faiblissait. À la nuit tombée, Henry Gantry entra chez Boone & Boone. Paco passa au trot devant le cabinet, releva le numéro et le nom de la rue, et tourna le coin. Il prit sa radio et dit :

— Il est à l'intérieur, chez les Boone.

— OK, je suis pas loin.

La réponse venait d'Omar Cheepe.

Quelques instants plus tard, Cheepe récupéra Paco et ils tournèrent dans Park Street. Une fois le cabinet Boone & Boone en vue, ils se garèrent tranquillement plus loin dans la rue. Cheepe coupa le contact et baissa la vitre pour fumer.

— Tu l'as vu entrer ? demanda-t-il.

— Non, répondit Paco. Je l'ai vu se diriger vers la porte d'entrée. Je sais qu'il y est. C'est le seul endroit encore ouvert, ici.

— Très bizarre.

On était dimanche soir, et les autres immeubles de bureaux étaient sombres et déserts. Seul le cabinet

Boone montrait des signes d'activité. Toutes ses lumières du rez-de-chaussée semblaient allumées.

— Qu'est-ce qu'ils font, à ton avis ? demanda Paco.

— Je sais pas trop. Les Boone étaient dans le bureau de Gantry vendredi, toute la famille ; ça n'a pas de sens : Gantry était très occupé et ce ne sont pas des avocats pénalistes. Lui, il rédige des actes, et elle s'occupe de divorces. Ils n'ont aucune raison de débarquer chez Gantry au beau milieu d'un procès pour meurtre. Quant au gosse, je n'y comprends rien. Pourquoi est-ce que ses parents le tireraient de l'école pour voir Gantry ? Il a traîné dans le coin toute la semaine, à espionner le procès.

— C'est Theo ?

— Ouais. Ce gosse se prend pour un avocat. Il connaît tous les flics, tous les juges, tous les greffiers. Il traîne dans les salles d'audience ; il s'y connaît sans doute plus en droit que la plupart des avocats. Il est super-pote avec Gantry. Il va voir Gantry, avec ses parents, et, tout à coup, Gantry décide de ne pas tenir d'audience samedi, après l'avoir promis toute la semaine. Il se passe un truc, Paco. Et c'est pas bon pour nous.

— Tu as parlé à Nance ou à Duffy ?

— Non, pas encore. Voilà ce qu'on va faire. J'ai presque envie de t'envoyer là-bas pour jeter un œil, voir qui il y a à l'intérieur, mais c'est trop risqué. S'ils te voient, ils auront peur, ils arrêteront ce qu'ils font, et peut-être qu'ils appelleront les flics. C'est le juge Gantry, tu sais. L'affaire pourrait se compliquer. Donc, j'ai un meilleur plan. J'appelle Gus et il vient avec la camionnette. On pourra la garer un peu plus loin dans la rue. Quand ils sortiront, on prendra des photos. Je veux savoir qui est à l'intérieur.

— À ton avis ?

— Je sais pas, Paco, mais je parierais cent dollars que Gantry et la famille Boone se sont pas réunis pour jouer au backgammon. Il se passe quelque chose, et ça ne me plaît pas.

Le juge Gantry se dirigea vers la bibliothèque où Mr Boone, Ike et Theo attendaient. La longue table qui trônait dans la pièce était couverte de livres, de cartes, de carnets, et donnait une impression très studieuse. Tout le monde se dit bonsoir et se serra la main. On parla du temps quelques instants, mais cela ne dura pas longtemps, vu la gravité de la situation.

— Inutile de dire, précisa le juge Gantry lorsqu'ils furent tous assis, que cette petite réunion est officieuse. Nous ne faisons rien de mal, certes, puisque vous n'êtes pas impliqués dans l'affaire. Cela dit, si jamais notre rencontre était éventée, je pense qu'elle entraînerait beaucoup de questions… Compris ?

— Bien sûr, Henry, dit Mrs Boone.

— Pas de problème, ajouta Ike.

— Pas un mot, répéta Mr Boone.

— Oui, monsieur le juge, dit Theo.

— Bien. Vous avez dit que vous aviez quelque chose à me montrer.

Les trois adultes Boone se tournèrent vers Theo, qui se leva aussitôt. Son ordinateur était posé sur la table, devant lui. Il fit apparaître une grande photo sur le vaste écran blanc au fond de la salle. Il montra un détail avec son pointeur laser :

— Voici une photo aérienne du sixième fairway à Creek Course. Là-bas, c'est la maison Duffy. Et là, dans les arbres, c'est l'endroit où le témoin déjeunait.

Il passa à une autre photo.

— Celle-ci, nous l'avons prise hier matin au terrain de golf. Le témoin, complètement invisible de l'extérieur du bosquet, était assis sur un tas de rondins, près du lit de ruisseau à sec. Cependant... (une autre photo apparut) comme vous pouvez le constater, le témoin avait une vue parfaite sur les maisons en face du fairway, à une centaine de mètres.

— Et tu es sûr que c'est exactement là où il se trouvait ?

— Oui, monsieur.

— Tu as pu reconstituer la suite des événements ?

— Oui, Votre Honneur.

— Laisse tomber le « Votre Honneur », Theo, pour l'instant.

— Entendu.

Theo fit apparaître une nouvelle photo.

— Voici la cabane des jardiniers. Comme vous voyez, elle n'est pas loin du sixième fairway. La pause déjeuner commence à 11 h 30. Pile à l'heure, parce que le contremaître a un programme serré, et qu'il demande à ses employés d'arrêter à 11 h 30, de manger en vitesse et de revenir à midi. Notre témoin préfère s'éclipser pour manger seul et dire ses prières en regardant la photo de sa famille restée chez lui. Il souffre beaucoup du mal du pays. Son endroit préféré pour déjeuner n'est vraiment pas loin dans les bois. Il pense qu'il en était à la moitié de sa pause quand il a vu l'homme entrer chez les Duffy.

— Vers 11 h 45, alors ? demanda le juge Gantry.

— Oui. Et, comme vous le savez, c'est l'heure approximative du décès établie par le médecin légiste.

— Je sais. Et l'homme est entré dans la maison et en est ressorti avant que ton témoin ait terminé sa pause ?

— Oui. Le témoin dit qu'en général, il revient à la cabane un peu avant midi. Ce jour-là, il a vu l'homme sortir de la maison avant d'avoir fini son déjeuner. Il pense que l'homme est resté moins de dix minutes à l'intérieur.

— J'ai une question importante, dit le juge. Le témoin a-t-il vu l'homme quitter la maison avec un sac susceptible de transporter le butin volé dans la maison ? Plusieurs objets ont été emportés – deux petites armes de poing, quelques bijoux de Mrs Duffy, et au moins trois montres de prix de Mr Duffy. Le témoin l'a-t-il vu emporter ces objets ?

— Je ne crois pas, monsieur le juge, dit gravement Theo. Et j'ai passé des heures à y réfléchir. À mon avis, il a fourré les armes sous sa ceinture, les a cachées sous son polo, et il a mis tout le reste dans ses poches.

— Quel genre d'armes ? demanda Mr Boone.

— Un neuf millimètres et un trente-huit à canon court, dit le juge Gantry. Ils sont faciles à cacher sous un polo, en effet.

— Et les montres, les bijoux ?

— Quelques bagues et colliers, trois montres à bracelet de cuir. Tout cela tiendrait aisément dans des poches de pantalon.

— Et on ne les a jamais retrouvés ? demanda Mrs Boone.

— Non.

— Ils sont sûrement au fond d'un des lacs du terrain de golf, fit Ike avec un sourire sinistre.

— C'est sans doute vrai, dit le juge, ce qui stupéfia tout le monde.

Le juge Gantry, l'arbitre impassible, venait de révéler son jeu. Il pensait que Mr Duffy était coupable, finalement.

— Et les gants ? demanda-t-il.

Theo ramassa un petit sac marron, le posa sur la table et en sortit un sac de congélation contenant les deux gants de golf. Il le posa devant le juge Gantry.

L'espace d'un instant, tout le monde contempla l'objet comme si c'était un couteau de boucher ensanglanté. Theo fit apparaître une nouvelle photo sur l'écran.

— C'est au départ du quatorzième trou, sur le demi-parcours sud. Le témoin réparait un arrosage juste là, au sommet d'une petite butte, quand il a vu l'homme, le même, ôter ces deux gants de son sac de golf et les jeter à la poubelle.

— Une question, dit le juge Gantry. Au moment où il a jeté ces gants, est-ce qu'il en portait d'autres ?

Les Boone comprirent que le juge avait disséqué l'affaire dans ses moindres détails.

— Je ne l'ai pas demandé au témoin, répondit Theo.

— Sans doute, intervint Woods. Il n'est pas rare qu'un golfeur ait des gants de rechange dans son sac.

— Cela a-t-il une importance ? demanda Mrs Boone.

— Je n'en suis pas sûr. À ce stade, c'est de la pure curiosité, Marcella.

Un long silence s'ensuivit, comme si les personnes présentes pensaient à la même chose, mais qu'aucune ne voulait en parler. Enfin, Theo lança :

— Juge, vous pourriez toujours demander au témoin.

— Il est ici, alors ?

— Oui, monsieur.

— Il est dans mon bureau, Henry, précisa Mrs Boone. Il est à présent représenté par notre cabinet d'avocats.

— Theo compris ? demanda le juge, et tout le monde trouva cela assez drôle.

— Vous devez nous assurer, Henry, qu'il ne sera ni arrêté ni poursuivi, dit Mr Boone.

— Vous avez ma parole, dit le juge Gantry.

Bobby Escobar était assis en face du juge. Julio, son cousin et interprète, se trouvait à sa gauche, et sa tante

Carola à sa droite. C'était une affaire de famille : Hector et Rita regardaient la télévision au fond du bureau de Mrs Boone.

Theo commença son examen direct avec la même photo aérienne du sixième fairway de Creek Course. Bobby et lui indiquèrent l'endroit exact où il avait pris son déjeuner. Theo changea de photos, posant des questions soigneusement pesées, et donnant à Julio tout le temps pour traduire. Le récit se déroula parfaitement.

Woods, Marcella et Ike observaient leur fils et neveu avec une immense fierté, mais tous trois étaient prêts à relever la moindre erreur.

Une fois les faits établis, et Bobby reconnu comme un témoin fiable, le juge Gantry intervint :

— Parlons de l'identification, à présent.

Comme Bobby n'avait jamais vu Pete Duffy, il ne pouvait pas dire que c'était lui l'homme qui était entré dans la maison. Il dit que oui, l'homme portait un polo noir, un pantalon et une casquette de golf marron, la même tenue que celle de Pete Dùffy au moment du meurtre. Theo lui montra une série de photos de Duffy, toutes tirées des journaux. Bobby put juste dire qu'elles ressemblaient beaucoup à l'homme qu'il avait vu. Theo lui passa trois courtes vidéos à la suite, montrant Pete Duffy qui entrait au tribunal ou en sortait. Là encore, Bobby déclara qu'il était presque certain que c'était lui.

Puis, l'élément décisif. L'accusation avait présenté vingt-deux photos du lieu du crime, de la maison et de ses environs. L'un des clichés avait été pris à la limite du fairway. Il montrait l'arrière de la maison Duffy, avec son patio, ses fenêtres, sa porte de derrière, et, à l'extrême droite, deux policiers en uniforme à côté d'une voiturette de golf. Assis au volant, Pete Duffy semblait hébété, écrasé. La photo avait apparemment été prise quelques minutes après son retour en catastrophe, quand on lui avait annoncé la mort de sa femme au club-house.

Theo avait obtenu cette photo en « visitant » le site du tribunal. Si le juge lui demandait comment il l'avait eue, Theo avait préparé sa réponse : « Eh bien, monsieur le juge, ce cliché a été produit et reconnu à l'audience. Ce n'est pas vraiment un secret, n'est-ce pas ? »

Mais le juge Gantry ne dit rien. Il avait vu cette photo cent fois et il ne réagit pas. Bobby, en revanche, ne la connaissait pas, et il se mit immédiatement à parler avec Julio.

— C'est lui, dit Julio en montrant Duffy du doigt. C'est l'homme dans la voiturette. C'est lui.

— Qu'il soit noté, Votre Honneur, que le témoin vient d'identifier l'accusé, Mr Peter Duffy.

— Compris, Theo, dit le juge.

22.

Ce lundi matin, les spectateurs se retrouvèrent pour le dernier acte. Les jurés arrivèrent, le visage solennel, décidés à achever leur tâche. Dans leur plus beau costume, les avocats semblaient reposés, prêts à entendre le verdict. L'accusé lui-même paraissait détendu et confiant. Les greffiers et huissiers s'agitaient avec leur énergie matinale coutumière. Mais soudain, à 9 h 10, tout le monde se tut. La salle entière retint son souffle. Tout le monde se leva à l'entrée du juge Gantry, sa robe noire flottant derrière lui.

— Veuillez vous asseoir, dit-il, le visage sévère et l'air très fatigué.

Le juge observa la salle, fit un signe à la greffière, salua le jury d'un coup de tête et scruta la foule, en particulier le troisième rang de droite – où se trouvait Theo Boone, coincé entre son père et son oncle et absent au collège, du moins pour le moment. Le juge et Theo échangèrent un long regard. Puis le juge s'approcha du micro et commença par une déclaration totalement inattendue :

— Bonjour, mesdames et messieurs. À ce stade du procès de Mr Peter Duffy, nous devrions entendre les plaidoiries des avocats. Cependant, ce ne sera pas le cas. Pour des raisons que je ne peux exposer à ce stade, je déclare un vice de procédure.

Cris, hoquets, stupéfaction dans toute la salle. Theo observait Pete Duffy qui se tourna vers son avocat, bouche bée. Le procureur comme la défense semblaient foudroyés ; l'air abasourdi, ils se demandaient s'ils avaient bien entendu. Au premier rang, juste derrière la table de la défense, Omar Cheepe se retourna et regarda Theo droit dans les yeux, deux rangées plus loin. Il n'insista pas. Il ne semblait pas particulièrement menaçant, mais cela voulait tout dire : « C'est toi. Je le sais. Et je n'en ai pas fini. »

Les jurés se demandaient ce qui allait se passer. Le juge Gantry le leur expliqua donc :

— Mesdames et messieurs les jurés, ce vice de procédure signifie que le procès est terminé. L'inculpation à l'encontre de Mr Duffy est levée, mais juste temporairement. L'inculpation sera renouvelée, et un second procès se tiendra dans un avenir très proche, avec un jury différent. Dans tout procès pénal, le juge a le droit absolu de déclarer un vice de procédure lorsqu'il estime qu'il s'est produit un événement susceptible de modifier le verdict final. C'est le cas aujourd'hui. Je vous remercie de votre service. Vous êtes importants pour le système judiciaire. Vous êtes à présent excusés.

Les jurés n'en revenaient toujours pas, mais certains commençaient à comprendre que leur devoir civique était terminé. Un huissier les fit sortir. Theo admira le juge Gantry. À cet instant, lui, Theo, décida qu'il voulait devenir un grand juge, pareil à son héros siégeant au tribunal. Un juge qui connaissait la loi comme sa poche et croyait en l'équité, mais, surtout, un juge capable de prendre une décision difficile.

— Je te l'avais dit, chuchota Ike.

Il était convaincu que le juge déclarerait un vice de procédure – mais tout le cabinet Boone le pensait également.

Les jurés étaient partis, mais personne d'autre n'avait bougé. Tous les participants, ahuris, voulaient plus de détails. Jack Hogan et Clifford Nance se levèrent au même moment et se tournèrent vers le juge. Celui-ci déclara aussitôt :

— Messieurs, je ne m'expliquerai pas aujourd'hui. Demain, à 10 heures, nous nous réunirons dans mon bureau et je vous exposerai mes raisons. Je veux que l'inculpation soit de nouveau prononcée, et le plus tôt possible. Je prévois un nouveau procès pour la troisième semaine de juin. L'accusé restera en liberté sous caution, avec les mêmes restrictions. La séance est levée.

Il frappa du maillet sur la table, se leva et disparut.

Le juge et le jury partis, il ne restait plus grand-chose à faire. La foule se leva lentement et se dirigea vers la sortie.

— File au collège, dit sévèrement Mr Boone à Theo.

Theo détacha son vélo devant le tribunal.

— Tu passes me voir cet après-midi ? demanda Ike.

— Bien sûr, dit Theo. C'est lundi.

— Il faut qu'on en discute. Le week-end a été long.

— C'est sûr.

Non loin de là, on entendit une rumeur devant le tribunal : des gens se bousculaient pour sortir. Pete Duffy, entouré de ses avocats et d'autres personnes, écartait deux journalistes qui leur lançaient des questions à tue-tête. Ces dernières restèrent sans réponse. Omar Cheepe, à l'arrière-garde, bouscula l'un des reporters. Il s'apprêtait à partir avec son client quand il aperçut Theo sur son vélo qui observait la scène avec

Ike. Cheepe sembla hésiter une demi-seconde : se dépêcher de protéger Mr Duffy, ou aller voir Theo pour éructer une ou deux menaces ?

Theo et Cheepe se dévisagèrent à quinze mètres de distance, puis Cheepe se détourna et fila rejoindre Duffy. Ike n'avait apparemment rien remarqué.

Theo se dirigea vers le collège. Une fois le tribunal loin derrière, il commença à se détendre. Il avait du mal à croire qu'on était lundi. Il s'était passé tant de choses la semaine précédente. Le plus grand procès de l'histoire de la ville avait eu lieu – et pourtant il n'était pas fini. Grâce à Theo, une erreur judiciaire avait été évitée. La justice avait été préservée, du moins pour l'instant. Theo voulait prendre un peu de repos, mais, bientôt, il retrouverait en secret Bobby Escobar et Julio. Évidemment. Theo devrait préparer Bobby, en vue des trois heures qu'il passerait à la barre des témoins en juin.

Et voilà qu'Omar l'Affreux compliquait l'affaire. Que savaient-ils vraiment, lui, son client et Clifford Nance ? Des questions, encore des questions. Theo ne savait quoi penser, mais il attendait la suite avec enthousiasme.

Il pensa à April. Demain, mardi, le juge prendrait une décision qui l'obligerait à vivre avec l'un ou l'autre de ses parents. Sa présence ne serait plus exigée au tribunal – mais elle était déjà effondrée. Theo décida qu'il irait la trouver pour parler, pendant l'heure du déjeuner.

Puis il pensa à Woody, dont le frère était en prison et y resterait sans doute.

Il attacha son vélo près du drapeau et entra dans le hall ; la première heure était déjà bien entamée. Il avait un mot d'excuse de sa mère. Il le tendit à miss Gloria et remarqua qu'elle ne souriait pas. Pourtant, elle souriait toujours.

— Assieds-toi, Theo, dit-elle en lui montrant une chaise près de son bureau.

Mais pourquoi ? se demanda-t-il. Il était en retard, c'est tout.

— Comment s'est passé l'enterrement ? demanda-t-elle, toujours impassible.

Theo réfléchit, perplexe :

— Pardon ?

— L'enterrement vendredi dernier, celui pour lequel ton oncle est passé te chercher…

— Ah, celui-là ! C'était super. On s'est éclatés.

Miss Gloria regarda nerveusement autour d'elle, puis lui fit signe de baisser la voix. Il y avait des bureaux avec des portes ouvertes.

— Theo, fit-elle à mi-voix, mon frère a été arrêté hier soir pour conduite en état d'ivresse. On l'a mis en prison. (Elle vérifia de nouveau qu'ils étaient seuls.)

— Je suis désolé, dit Theo, qui savait bien où cette conversation allait le mener.

— Ce n'est pas un ivrogne. C'est un adulte, avec une femme, des enfants et un bon métier. Il n'a jamais eu d'histoires et nous ne savons même pas quoi faire.

— Quel est son taux ?

— Pardon ?

— Son taux d'alcoolémie.

— Ah, ça ? Zéro neuf, je crois… ça y ressemble ?

— Oui. La limite est à zéro huit, donc il va avoir des ennuis. C'est la première fois ?

— Seigneur, oui, Theo. Ce n'est pas un ivrogne. Il a à peine bu deux verres de vin.

Deux verres. C'était toujours deux verres. Aussi ivres morts, abrutis ou agressifs qu'ils aient été, ils n'avaient jamais bu plus de deux verres.

— Le policier a dit qu'il pourrait passer dix jours en prison, continua miss Gloria. Oh ! comme c'est embarrassant...

— Comment il s'appelle, le flic ?

— Comment je pourrais le savoir ?

— Certains flics aiment faire peur aux gens. Votre frère n'aura pas dix jours. Il paiera une amende de cinq ou six cents dollars, son permis lui sera retiré pour six mois, il devra retourner à l'auto-école, et d'ici un an l'infraction sera retirée de son casier. Il a passé toute la nuit en prison ?

— Oui. Je n'arrive pas à imaginer...

— Alors, il n'aura plus de prison à faire. Je vais vous donner un nom...

Miss Gloria avait déjà pris son stylo.

— Taylor Baskin, dicta Theo. C'est l'avocat qui s'occupe de tous les ivrognes...

— Ce n'est pas un ivrogne ! répliqua-t-elle, un peu trop fort.

Ils jetèrent un regard autour d'eux. Personne.

— Désolé. Taylor Baskin est l'avocat spécialisé dans les conduites en état d'ivresse. Votre frère doit l'appeler.

Miss Gloria nota le nom en hâte.

— Il faut que j'aille en cours, dit Theo.

— Merci, Theo. Je t'en prie, n'en parle à personne.

— Pas de problème. Je peux y aller maintenant ?

— Oh ! oui, je t'en prie. Et vraiment, merci, Theo.

Il sortit du bureau en vitesse. Encore un client satisfait.

Composé par Nord Compo
à Villeneuve-d'Ascq (Nord)

Imprimé en Allemagne par
GGP Media GmbH
à Poßneck
en octobre 2011

POCKET – 12, avenue d'Italie – 75627 Paris cedex 13

Dépôt légal : novembre 2011
S21145/01